八方游诗集

靳孝先◎著

中国文联出版社

图书在版编目（CIP）数据

八方游诗集 / 靳孝先著 . -- 北京：中国文联出版
社，2023.8
ISBN 978－7－5190－5289－8

Ⅰ. ①八… Ⅱ. ①靳… Ⅲ. ①诗词—作品集—中国—
当代 Ⅳ. ①I227

中国国家版本馆 CIP 数据核字（2023）第 160171 号

著　　者　靳孝先
责任编辑　李　民　周　欣
责任校对　秀　点
装帧设计　中联华文

出版发行　中国文联出版社有限公司
地　　址　北京市朝阳区农展馆南里 10 号　　　　邮编　100125
电　　话　010－85923025（发行部）　　　　85923091（总编室）
经　　销　全国新华书店等
印　　刷　三河市华东印刷有限公司

开　　本　710 毫米×1000 毫米　　1/16
印　　张　21
字　　数　265 千字
版　　次　2024 年 1 月第 1 版第 1 次印刷
定　　价　89.00 元

前　言

　　《八方游诗集》实际是一个记录本。我爱好旅游，游历了祖国包括台湾省和西藏在内的大部分美好河山，以及欧洲六国和美国西海岸的部分城市。我看到的风景和所生之情大多如实地记在了里边，记录得虽不尽详细，但能起到引导作用。另有附录一"百感杂记"，记录了自1969年以来我经历过的部分大事小情以及引发的慨叹，涉及面较广，对我几十年的感情生活、与亲朋好友的往来、世界观以及对一些社会现象的看法等都有所反映。还有附录二"对联集"，多为春联，大多反映了当年的实况，寄托着当时的追求，另外还有对一些事情进行评议的对子。

　　本书除"对联集"外大部分是以古体格律诗词形式记录的，所作诗词虽然努力严格遵守格律，但与应有起、承、转、结的句意和意味绵长、余音缭绕的诗魂却相差甚远，语言也是简单直白、平铺直叙，只是用口头语表眼前事，争取让多数人一看就明白而已，所以叫合辙押韵的"顺口溜"更为确切。

　　为了查阅方便，《八方游诗集》是以先国内后国外为序，国内是以行政区域中省、自治区、直辖市排列顺序记录的，"百感杂记"和"对联集"是以年代、月、日从前往后为序记录的。

靳孝先

2023 年 2 月 20 日于北京西城三里河南沙沟

目　录

一、北京

开始旅行
——题旅行结婚照

春天，
在辉煌的天安门前，
我们开始结伴旅行。

一九七二年五月二十二日　北京天安门

盼
——题父女三人照

不惑方明人世情，知足常乐不相争。
倾心培育俩儿女，期待名题金榜中。

一九八三年八月　北京动物园

注：时年我两个女儿都在抚顺师范附小读书，学习成绩不错，很欣慰，
更感到期待。

北京的海

天下海湖多万千，盛名世界最中南。
中华大地龙腾起，舵手深谋在此间。

一九八三年春　北京

1

北京站①

正面突出两钟楼，两端华塔遥相应。
大厅宽敞功能广，建筑奇观世界惊。

一九八九年夏　北京

注：①北京站是中华人民共和国成立之初的十大建筑之一，在当时其外观、功能以及建设速度都引起了世界关注。

太和殿

金柱雕梁龙绕蟠，琉璃映日蹿重檐。
螭头奇兽守天脊，步道阶台护玉栏。
万岁临朝听政论，百官朝圣奏新篇。
改朝换代二十四，独领风骚五百年。

一九八九年夏　北京故宫①

注：①北京故宫建成于明永乐十八年（1420），自明成祖朱棣始至清溥仪止（1911），先后有明14个和清10个皇帝在这里行使皇权，共历时491年。

御花园有感

御花园内隐情多，历代皇妃甚侈奢。
可叹景存人却去，沧桑世事任评说。

一九八九年夏　北京故宫

十七孔桥

桥头牛卧知春岸，桥上游人倚玉栏。

俯览十七券孔映，抬头山阁①水云间。

一九八九年夏　北京颐和园

注：①山阁指万寿山和佛香阁。

石　舫①

如玉理石雕作舫，拱眉高柱嵌楼窗。

雕栏围护豪华脊，翘首花舷待远航。

一九八九年夏　北京颐和园

注：①石舫全称清晏舫，取海清河晏之意，喻太平盛世。船体为石雕，船上为木结构。

长　廊①

幽曲长廊多彩画，传神故事话中华。

凭栏极目昆明水，遥想当年谁败家。

一九八九年夏　北京颐和园

注：①长廊上共有14000多幅彩画，其中人物故事占2000多幅，没有一幅重复，是世界上最长的画廊，已收入《吉尼斯世界纪录大全》。初为乾隆所建，被英法联军烧毁后，光绪年间调用海军军费复建。

佛香阁

排云百磴入佛香，八面四重雕栋梁。

高耸山腰十二丈，尽观湖岛殿亭堂。

一九八九年夏　北京颐和园

北京动物园

清朝始建万牲园，现有奇灵参两千。

四海五洲同世界，人和动物共联欢。

一九八九年夏　北京

北海白塔

背倚团城观北海，宝瓶玉塔座琼台。

塔高六米四层座，舍利藏经藏在怀。

一九八九年夏　北京北海公园

少年游·重游天安门

金秋夫妇上楼观，真乃大承天[①]！飞檐巨柱，雕梁画栋，金壁玉栏杆。　转头已过三十载，曾到大门前[②]。留影春天[③]，并肩盟誓：携手到百年。

二〇〇三年九月二十五日　北京天安门

注：①大承天指承天门，即天安门。

②大门前指天安门前。

③留影春天意指 1972 年 5 月，我们旅行结婚，曾在天安门前留影。

阮郎归·天安门城楼记

十根巨柱立前沿，红墙玉栏杆。金龙银凤舞梁椽，云花雕作边。　　微蹿角，两重檐，琉璃杏黄冠。红旗高展布两边，雄威天地间。

二〇〇三年九月二十五日　北京

鹧鸪天·国庆广场

极目城楼倚玉栏，红旗招展映红天。鲜花簇起群英塔①，红浪托出领袖棺②。　　博物馆，坐江边，会堂前面矗雄关③。狂欢劲舞庆国庆，笑语欢声达九天。

二〇〇三年九月二十五日　北京天安门广场

注：①群英塔指人民英雄纪念碑。
②领袖棺指毛主席纪念堂。
③国庆期间，博物馆前布置的是长江沿岸典型景观，大会堂前布置的是万里长城景观。

国庆夜观天安门

金缕城楼挂夜空，国徽伟像①正居中。
闪光标语两边展，金水桥旁万点灯。

二〇〇三年九月二十五日　北京

注：①伟像指伟人毛泽东像。

节日广场一角

国逢华诞庆繁荣，遥望皇宫面翠峰①。
路引车龙入闹市，红旗荡漾伴歌声。

二〇〇三年九月　北京天安门广场

注：①国庆期间，天安门广场西侧布置着山海关到嘉峪关的风景，东侧则布置着长江沿岸景观。

碑前感

雕得玉碑直入空，缅怀殉难众英灵。
鲜花锦簇碑基满，百姓默哀珠泪盈。
忆想神州难进步，改朝换代总兴兵。
假如民主早实现，华夏必然常盛兴。

二〇〇三年九月　北京天安门广场

江岸缩影

黄鹤名楼立，三峡碧水喧。
长江多锦绣，尽展馆门前①。

二〇〇三年国庆　北京天安门广场

注：①国庆期间，天安门广场博物馆前布置着长江沿岸典型景观，极为壮观。

景楼之夜

夜描投笔少，横竖几金条。
更显名楼美，只惜黄鹤遥。

二〇〇三年国庆 北京天安门广场

注：国庆期间，黄鹤楼景观巧布在天安门广场，布有金色轮廓灯，使人如身临其境。

潇湘神·长城缩影

山海关，嘉峪关，顶风拒浪守城端。雄伟风光同入目，龙腾华夏景观全。

二〇〇三年国庆 北京天安门广场

注：国庆期间，天安门广场人民大会堂前，布置了从山海关到嘉峪关的长城景观，气势雄伟壮观。

忆江南·携手忆当年

人已老，今日恰休闲。博物馆前今又照。会心携手忆当年，转眼万余天。

二〇〇三年九月二十五日 北京天安门广场

注：1972年，我们旅行结婚曾在此留影。

抚琴雕像

市井繁华处，琴家拉满弓。
不知何韵曲，喜乐在心中。

二〇〇三年国庆 北京王府井

7

东安市场

东安名久远，古店复新楼。
商品计无数，去来人若流。

二○○三年国庆　北京王府井

中央电视台主楼

观影闻声久慕名，今朝有幸拜尊容。
宛如高耸碑一通，又似蓝天挂画屏。

二○○三年九月　北京

中央电视塔

一把穿天剑，抬头未见端。
宫灯迎日闪，穿挂半空间。

二○○三年九月　北京

电视塔记

剑塔凌空欲刺天，排行国内列为三。
登临才至二百米，尽览北京城外边。

二○○三年九月　北京中央电视塔

护塔双龙

金龙守塔下，威武掉头呼。
披甲五十六，团结华夏族。

二○○三年九月　北京中央电视塔

试　播

央视播音已换人，显出画面是新闻。

您瞧哪位在播诵？好像仍为邢质斌①。

二〇〇三年九月　北京中央电视塔

注：①在电视塔中，我的夫人坐在供游人拍照的新闻联播主播位置照相留念，很像当年中央电视台著名主持人邢质斌。

国子监①叹

秀雅牌坊屏殿堂，皇家施教育精良。

辟雍殿②内书声琅，贡院③号中文字狂。

总有高才登御榜，更多俗子梦黄粱。

志高求仕阳关道，科举兴亡两女皇④。

二〇〇三年九月二十九日　北京国子监

注：①国子监是元、明、清三朝的教育管理机构和最高学府，自康熙起，每位皇帝登基后，都必须来此讲一次学。

②辟雍殿是国子监的主体建筑，由乾隆年间的大学士刘墉主持兴建的，是皇帝临雍讲学的场所。

③贡院是举子考试的地方。

④科举制度兴于武则天，其开创了殿试，废止于清朝，对此，慈禧是始作俑者。

环桥教泽

秀雅环桥处，实为一苦舟。

一朝沧海入，几个占鳌头①？

二〇〇三年九月　北京国子监

注：①辟雍殿前地上有一方台，上面有一似龙非龙的头，称"鳌头"，上面只可站一人，站上之人被称为独占鳌头，即得中状元之意。

昭陵逸事

海瑞冤屈隆庆平①，穆宗正寝入昭陵。

遗诏居正和李后，辅佐神宗十载兴。

二〇〇三年九月　北京明朝十三陵

注：①穆宗朱载垕年号为隆庆，在位6年，曾为海瑞平反。

中华世纪坛①

坦克塔楼五色环，慢旋日晷东西南。

宏鸣子午跨双纪，祝福太平永世间。

二〇〇三年九月　北京

注：①世纪之交建造的世纪坛像坦克的炮塔，日晷指针像炮身。

军事博物馆

猿人捕兽挥石斧，奴隶抗争舞青铜。

铁刃常圆皇帝梦，弹丸击毁帝王宫。

列强侵略占华夏，儿女迂回斩鬼雄。

自力更生星弹展，军博一览尽分明。

二〇〇三年九月　北京

注：前七句指的是世界历史上不同的战争和兵器时代。

游圆明园① 遗址有感

奇园问世三百年，一半辉煌一半残。

曾展娇容惊世界，今留残壁叹人间。

述评华夏辱屈史，请看京西残废园。

莫怨列强发兽性，只缘内乱自痉挛。

二〇〇三年九月　北京圆明园遗址公园

注：①圆明园始建于1707年的清康熙年间，1860年开始多次遭外国侵略者抢劫破坏，变成了一片废墟。

绮春园① 史话

堂皇富丽御花园，变去归来三百年。

英法列强纵火毁，欲修同治却没钱。

二〇〇三年九月　北京圆明园遗址公园

注：①绮春园的归属在亲王和皇帝之间多次转换，现为圆明园一座宫门所在地。

福海夕阳

浒石静静伴夕阳，翠柳轻拂荡赤黄。

绳缆游船福海岸，水山渐渐入苍茫。

二〇〇三年九月　北京圆明园遗址公园

参观北大

雅塔石楼湖水边，书声阵阵柳林间。

平生久慕未如愿，人老才来此一观。

二○○三年九月　北京大学

未名湖畔书声琅

博雅塔前湖未名，静陪酬志众学生。

朝来夕转伴寒暑，书声琅琅总无停。

二○○三年九月　北京大学

大观园大门

两暗三明柱外墀，水磨山壁立东西。

上排筒瓦琉璃脊，下砌阶台雕玉基。

门阔窗明着色美，棱稀花密构图奇。

高墙远去虎石底，屏隐豪宅迎凤仪①。

二○○三年九月　北京大观园

注：①凤仪指皇妃贾元春（仪仗）。

曲径通幽

翠嶂叠峦小径曲，峻嶒拱洞暗藏奇。

纵横鬼兽苔藤倚，美景还需过瀑溪。

二○○三年九月　北京大观园

滴翠亭①

飞檐双顶角高扬，环立镂屏成画廊。

碧水四围垂柳绿，捕蝶钗姐窥鸳鸯。

二〇〇三年九月 北京大观园

注：①滴翠亭是《红楼梦》中薛宝钗捕蝶偷听红玉和坠儿私语之处。

怡红院①

朱门富丽饰花灯，满院怡然伴秀屏。

半挡山石蕉叶绿，低垂翠缕海棠红。

流云蝠雀雕窗壁，古董琴棋布壁空。

剔透层隔难辨路，奇花竞秀异香浓。

二〇〇三年九月 北京大观园

注：①怡红院是《红楼梦》中贾宝玉住处。

沁芳亭

清溪聚涨一池水，波荡平桥柳扰栏。

廊式彩亭桥上立，红鱼柳下品花鲜。

二〇〇三年九月 北京大观园

茆 堂

纸窗木榻少雕镂，喷火蒸霞①满树头。

可叹空留浣葛处②，只能梦享采芹酬③。

二〇〇三年九月 北京大观园稻香村

注：①喷火蒸霞喻指盛开的杏花。

②浣葛处指李纨母子住处茆堂。浣为洗涤，葛泛指衣物，《红楼梦》中以浣葛颂妇德。

③采芹酬为报答得中之人。古时把考中秀才入学宫称"采芹"，《红楼梦》中指读书人。酬为酬谢、报答之意。

稻香村①

禾秆为篱泥打墙，数间茅舍翠竹藏。

畦分蔬稻布园内，竿挑酒帘荡路旁。

纨绮佳人学农妇，豪华大院仿柴桑。

阵阵土香虽惬意，孤儿寡母怕残阳。

二〇〇三年九月　北京大观园

注：①稻香村是《红楼梦》中李纨母子居住的地方。

紫菱洲①

飞檐彩瓦挂裙边，篷住红门屏院前。

昔日千金娇戏处，锦楼二姐坠中山②。

二〇〇三年九月　北京大观园

注：①紫菱洲是《红楼梦》中贾迎春居住处，她排行第二，缀锦楼是她的绣楼。

②坠中山是依《红楼梦》中迎春判词，暗指迎春嫁给孙绍祖后的悲惨下场。中山狼喻指忘恩负义的人。

秋爽斋①

玉几白菊品自高，格窗筒瓦②内藏娇。

憾无三友窗前伴，一阵寒风爽俱消③。

二〇〇三年九月　北京大观园

注：①秋爽斋是《红楼梦》中探春居住地。

②格窗筒瓦指房屋构造，这里指探春的住房。

③爽俱消意为凉爽的环境一下就都消失了，本句和第一句中的"品自高"均暗藏《红楼梦》中对探春的判词。

蘅芜苑①

清厦卷棚四面廊，冰晶蓝绿饰窗梁。

凌石叠嶂青藤绕，异草芬芳暗沁香。

二〇〇三年九月　北京大观园

注：①蘅芜苑是《红楼梦》中薛宝钗住所。

遥望玉牌坊①

闲坐榭廊闻藕香，抬头遥望玉牌坊。

龙蟠螭护屏佳境，疑是神仙在此乡。

二〇〇三年九月　北京大观园藕香榭

注：①在大观园藕香榭中遥望湖对岸的玉牌坊。

顾恩思义殿

金窗玉槛挂虾须①，雉尾扇排踏獭鱼②。

麝脑奇香拂桂殿，琪花③火树饰妃居。

二〇〇三年九月　北京大观园

注：①挂虾须意指挂着用细竹丝编制的帘子。

②踏獭鱼意为铺着用水獭皮毛做的毡毯。

③琪花意为用美玉雕刻的花。

大观楼

崇阁巍峨雕画窗，青松枝展遮檐廊。

萦纡复道①连环阁，彩焕螭头②护脊梁。

缀锦含芳③分左右，戏台绣幕对前方。

琳宫④合抱豪华处，贾门曹氏⑤展辉煌。

二〇〇三年九月　北京大观园

注：①萦纡复道指楼阁之间架空弯曲的通道。
　　②彩焕螭头指古建筑房脊上的装饰。
　　③缀锦含芳指在大观楼两侧的缀锦、含芳阁。
　　④琳宫意为神仙居住之处。
　　⑤贾门曹氏意指《红楼梦》中贾府与曹雪芹的关系。

祈年殿

丹陛桥端祈谷坛，三重圆阁伞形冠。

顶金蓝瓦白玉底，季月辰星①奉四间。

二〇〇三年九月　北京天坛公园

注：①季月辰星是祈年殿内设的四个开间，分别寓意四季、十二月、十二时辰和周天星宿。

祭天台

艾叶青石圆砌坛，汉白美玉做雕栏。

阶台栏板九重九①，一踏坛心响耳边。

二〇〇三年九月　北京天坛公园圜丘坛

注：①圜丘的台阶、石栏板和各层面板的数量，均为"九"或"九"的倍数，对应九重天，以强调上天至高无上。

皇穹宇①

蓝瓦顶金白玉盘，雕窗围供众天仙。

天花藻井金龙舞，圆宇庄严侍祭天。

二〇〇三年九月　北京天坛公园

注：①皇穹宇是平日供奉祭天大典所供神版的殿宇。

倚玉栏

缓拾玉陛上圜坛，手抚雕栏若触天。

放眼远近高低处，沧桑浮隐是人间。

二〇〇三年九月　北京天坛公园圜丘坛

九龙柏

粗壮挺拔枝叶繁，凡尘已享半千年。

九龙借势攀天去，福祸人间欲告天。

二〇〇三年九月　北京天坛公园

天坛迎奥运

文明华夏几千年，奇妙天坛见一斑。

今日门前花满布，五环镶嵌在其间。

二〇〇三年九月　北京天坛公园西门

遥望雍和宫

龙凤路端雕彩坊，雄狮蹲守甚严庄。

琳宫^①遥隐绿荫处，福邸曾出两帝王^②。

二〇〇三年九月　北京雍和宫

注：①琳宫指神仙住的地方，意为雍和宫很漂亮。

②两帝王是指雍正和乾隆。雍和宫原为雍正王府，乾隆在此出生。

法轮殿

宏伟辉煌若太和^①，法轮殿内趣谈多。

鱼龙盆^②里出奇迹，罗汉山^③中香满坡。

二〇〇三年九月　北京雍和宫

注：①太和指太和殿，即故宫中的金銮殿。

②鱼龙盆指乾隆"洗三"用的鱼形盆。传说当时加水后，映出了龙的图案。

③罗汉山是乾隆为信佛的母亲用香木雕的一座假山，山上雕满了罗汉。

永佑殿

神御殿中休世宗^①，三佛度母显和雍。

乾隆供父一年整，孝送真身到易陵^②。

二〇〇三年九月　北京雍和宫

注：①世宗是雍正帝庙号。雍正帝驾崩后，在此殿中供奉一年，葬入清西陵。

②易陵即河北易县的清西陵。

万福阁①

藏佛七世报龙德，独木精雕八丈佛。
罩建重重金壁阁，延绥永康两厢和。

二〇〇三年九月　北京雍和宫

注：①万福阁木料为七世达赖进贡，20多米高的菩萨木雕像，除手臂外均为同一根巨木所雕，木料来源于西藏边界外，几经周折，几年才运到北京。先佛后阁，阁依佛建。两厢建有延绥、永康二阁，复道相连。

长　城

姜女哭夫惊玉帝①，出宫俯见一苍龙。
高低直曲循山舞，雄贯东西万里程。

二〇〇三年九月　北京八达岭

注：①第一句指孟姜女千里寻夫，哭倒长城的民间故事。

登长城

蜿蜒展世欲达天，虎跃龙腾跨翠峦。
好汉并非皆到此，老夫花甲上城端。

二〇〇三年九月　北京八达岭

太　庙

午门之外左前方，天子焚香祭祖皇。
古柏成林隐大殿，壮观肃穆庙中王。

二〇〇五年十月　北京劳动人民文化宫

北京展览馆^① 前有感

苏式楼庭过客留，风风雨雨几十秋。
以强欺弱世间事，无耻条约随意丢。

二〇〇五年十月　北京

注：①北京展览馆系 20 世纪 50 年代中苏友好时期所建，为苏式建筑，
原名苏联展览馆。

闹　春

樱花累累满潭边，姹紫嫣红染水天。
风扰金铃频奏乐，鸳鸯戏水涌波澜。

二〇〇七年五月　北京玉渊潭公园

注：樱花盛开的季节，公园里挂了好多风铃。

抗日纪念馆

倭贼践踏我中华，国破难收民愤发。
抗战数年杀寇尽，警钟含恨报晨霞。

二〇〇七年五月　北京卢沟桥

卢沟桥

卢沟桥老水枯干，晓月虽存意已残。
长睡千狮不御寇，偷发百弹占华川。
清碑未记辱国事，弹孔深书警世篇。
国破山河存古韵，雄狮已醒震坤乾。

二〇〇七年五月　北京

注：2007 年时卢沟桥下的永定河已干枯无水，宛平县的城墙上仍留有好多日本侵略者在卢沟桥事变侵华时留下的弹孔。

卢沟桥石狮

石狮百态守桥栏，弹指已然数百年。
远看一只栏上卧，近前三遍数难全。

二〇〇七年五月　北京卢沟桥

国家体育场（鸟巢）

形若鸟巢十万席，编钢高架柱无一。
镂空华艺陶纹理，明褚暗红双色基。

二〇〇八年八月　北京奥林匹克公园

国家体育馆

残渣垫底架钢梁，折扇展开八万方。
剔透幕墙多大度，天窗如带泛阳光。

二〇〇八年八月　北京奥林匹克公园

南歌子·国家游泳中心（水立方）

万五多棱体，围一水泡房。天风流畅浴阳光，两万座席碧水在中央。　　水荡蓝天上，云飘水下方。浑然一色特清凉，是否龙宫面世搞招商？

二〇〇八年八月　北京奥林匹克公园

参观北京奥运会

夫妻观奥运，喜看女全能。

鞍马滚翻跳，体操旋舞腾。

高低双杠跃，左右独木行。

高技差无几，难为裁判评。

　　　　　　　　　　二〇〇八年八月　北京

天安门素描

八面红旗八盏灯，十根巨柱顶双层。

两幅标语十八字，伟像庄严居正中。

　　　　　　　　二〇〇九年十月　北京天安门广场

一片辉煌

一片辉煌嵌夜空，城楼高耸特鲜明。

周围巨柱五十六，百辆彩车居场中。

　　　　　　　　二〇〇九年十月　北京天安门广场

正阳门①

广场南边门正阳，门前街上满商行。

京城自古中心地，游子梦中是故乡。

　　　　　　　　　　二〇〇九年十月　北京

注：①正阳门即前门。

前门大街

前门南面大街长，老店名家聚两厢。
购物美食求必有，古香古色好风光。

二〇〇九年十月　北京

景山①公园

残土河泥堆起山，亭台殿宇隐林间。
倚亭尽览古城景，紫禁城郭一目全。

二〇一二年五月三日　北京景山公园

注：①景山是明成祖朱棣建紫禁城时，用挖筒子河与南海的泥土堆积而成的，原名万岁山，因此地曾用于堆储皇宫用的燃料煤，所以又叫煤山。

潭柘寺有感

风景清幽神庙里，不劳而获可终生。
富人贪祈千金利，贫汉只求一勺羹①。

二〇一四年三月三十日　北京门头沟

注：①一勺羹是指贫苦人只有在每年腊八节时才来此祈求一碗粥吃，而富人们为了谋得权和利经常来此求签祈祷。

惨痛的回忆

心盛七旬到蟒山，未游未住手先残。
仰天栽倒未夺命，实在应该谢老天。

二〇一四年五月二日　北京昌平蟒山景区酒店

注：此日我的老伴儿在此摔断了手腕。

23

新华门①

原是乾隆宝月楼，大头②总统把门修。

人民解放掌权后，政府办公门里头。

二○一四年八月二日　北京中南海新华门

注：①新华门是袁世凯当总统时开辟的。

②他所发行的银元人称袁大头。

居庸关

始皇此处广居庸①，武帝建关标作名。

名帅高台②点将令，官衙大库布城中。

杨家故事满山有，峻岭奇峰围一城。

天下第一多美誉，徐达复建此尊容。

二○一四年十月三日　北京昌平

注：①八达岭有八达岭、居庸关和南口三个关口，杨家将镇守的三关就
是这里。其中居庸关最重要，是指挥中心。之所以叫居庸关，是因
为秦始皇修长城时，把征来的民夫和囚徒都集中在这里居住，是居
住庸人的地方，汉武帝在此设居庸县，后来建了居庸关。现居庸关
为名将徐达复建。

②名帅高台指居庸关南门外不远处路旁有块巨石，大如半个篮球场，
上面很平整，据说是当年穆桂英的点将台，上面还有她的脚印呢。

佛爷顶望天池

盘旋险至佛爷顶，烂漫山花跳跃迎。

静坐红亭抬望眼，山间薄雾锁蓝坪。

二○一四年十月三日　北京延庆

注：佛爷顶山坡开满山花，风很大，吹得山花不停地上下左右摆动。

国庆天安门周围

金秋十月蔚蓝天，风展红旗广场间。

硕果盈盈极目是，繁花朵朵满花篮。①

二〇一四年十月五日　北京天安门广场

注：①后两句是写广场周围的银杏树果实盈盈，广场正中是巨大的花篮。意指祖国建设硕果累累，发展繁荣昌盛。

追绿行动

梦寐以求绿色菜，小屯租地梦真来。

诸多瓜菜吃不尽，只是路遥难种栽。

二〇一七年五月　北京玉泉山脚下小屯菜地

河湖景观一瞥

——观老同学发的安徽黄山屯溪风景视频感而作之

小桥静静伴垂钓，风动苇丛戏鸟投。

游艇往来虽慢慢，"秋波"犹扰绿萍休。

二〇一七年十一月十日　北京

迎春花

干枝头上暗藏绿，几朵黄花偷绽开。

莫炫娇姿唯你美，百花竞秀紧跟来。

二〇一九年三月　北京

看　戏

旅游常在外，休整返回京。

小女紧关照，邀来换心情。

二〇一九年三月二十三日　北京梅兰芳大剧院

春色满园

绿水变蓝天作怪，红花绿树水天中。

游人点缀花增色，清澈湖中影倒成。

二〇一九年四月十四日　北京玉渊潭公园

鲁冰花展

原产西欧名鲁冰，形如宝塔小玲珑。

五颜六色特鲜艳，花展今年落北京。

二〇一九年四月十七日　北京玉渊潭公园

诉衷肠

红花落地无人赏，绿叶成荫自纳凉。

老朽相怜拍个照，烦时相对诉衷肠。

二〇一九年四月十八日　北京玉渊潭公园

不老情

一对雌雄结作伴，不离不弃到终生。

夫妻恩爱常相盼，盼似鸳鸯不老情。

二〇一九年四月十八日　北京玉渊潭公园

平谷大桃

北京平谷求发展，不种粮食种果蔬。
布下万亩桃花阵，静迎游客盼桃熟。

二〇一九年四月二十日　北京平谷

郊外赏花

三山环抱一平谷，满谷桃花正盛开。
小女偷闲邀父母，开车郊外赏花来。

二〇一九年四月二十日　北京平谷

人面桃花

人倚桃花后，娇容入镜中。
红花映笑脸，脸比花更红。

二〇一九年四月二十日　北京平谷

内心的笑

春光无限好，母女远郊游。
轻揽花枝秀，心中笑意留。

二〇一九年四月二十日　北京平谷

孔雀登枝

和煦阳光洒大地，京郊万亩桃花开。
赏心悦目人皆爱，孔雀登枝迎客来。

二〇一九年四月二十日　北京平谷

山　庄

山峦叠翠风光好，东绕西旋巧建房。

高垒巨石门面美，桃花园里一山庄。

二〇一九年四月二十日　北京平谷中信金陵酒店

酒店前风光

山峦湖里卧，车走水中桥。

曲岸柳杨绿，店前一目瞧。

二〇一九年四月二十日　北京平谷中信金陵酒店

注：湖面倒映着山峦和车桥。

快乐无限

山前平谷满春色，处处游人晒快活。

待到疲乏春色尽，甜甜蜜蜜谱新歌。

二〇一九年四月二十日　北京平谷

世园会[①]

北京延庆妫河畔，世界百国布展厅。

四馆百园一剧场，高歌绿色促文明。

二〇一九年五月二日　北京世园会

注：①北京世园会有中国馆、国际馆、植物馆、生活体验馆和近百个特色展园，妫汭剧场是演艺中心。有100多个国家和地区参展。

中国馆①

锦楼如意水垂帘，传统出新面面观。

生态平衡同世界，子孙永享美家园。

二〇一九年五月二日　北京世园会

注：①中国馆分地下和地上两部分，地上建筑外形像一个"如意"，地下部分面积很大，功能齐全。地面主建筑前设一圆洞，是地下广场的天窗，面对主体建筑的是一个很大的水帘式瀑布。

千姿百态展园

中外百家近百园，风光各异尽奇观。

百蔬果草展园内，更有奇葩诱忘还。

二〇一九年五月二日　北京世园会

国际馆

高伞①九十四，百家来会师。

五洲旗帜展，园艺竞秀奇。

二〇一九年五月二日　北京世园会

注：①国际馆外围建造了94根白色巨柱，上面由多边形顶盖相连，其中有镂空的六角星，据说是象征"融和绽放"的花朵，但我越看越像高大的白伞。

植物馆

三千一百五十六，钢管仿根向下垂。

千种珍奇植物秀，游人饱览忘回归。

二〇一九年五月二日　北京世园会

弥勒树

肚若弥勒佛，里边水特多。

一年不下雨，此树亦能活。

二〇一九年五月二日　北京世园会

月季与玫瑰

孪生姐妹竞相秀，多彩多姿更多情。

气色依人多借用，不择条件自繁荣。

二〇一九年五月八日　北京三里河

柳之情

清风拂面头微动，扰得丝绦绿浪飘。

曾见冬来落地雪，又迎春蕾待开苞。

二〇一九年十一月二十五日　北京玉渊潭公园

注：在公园内我看到了挂满绿叶的垂柳枝伴随漫天雪花飘舞，感而作之。

二、天津

天津站

气势恢宏面海川^①，钢桥^②曲道紧相连。

高廊跨轨通商月^③，圣母浮雕飞在天^④。

一九八九年夏　天津

注：①海川指海河。
②钢桥指站前的解放桥。
③商月意为站台上方跨轨高架廊上的商业区和连通站台的候车大厅，站台也称月台。
④高廊一端大厅的半球形顶棚上的浮雕是圣母飞天图，乘滚梯至二楼可一路观看。

水上公园

三湖十四岛，五曲玉白桥。

寥廓观牲物，碧波飘盛肴。

一九八九年八月　天津

注：水上公园有三湖十四岛，桥涵亭榭遍布，动物园在寥廓天，碧波亭处有名庖盛馔。

情投意合

——题夫妻东湖小照

情似池中藕，投缘喜共舟。

意如糖拌蜜，盟誓到白头。

一九八九年八月　天津水上公园

海河之滨

繁花争闹海河滨，古港津门更有神。

广厦参差镶两岸，钢桥频渡往来人。

一九八九年夏　天津

天津美味

曹家驴肉狗不理，素炒疙瘩怪味汤。

煎饼果子鲜且嫩，吊炉烧饼酥而香，

十八街上麻花卖，耳朵眼中糕点藏。

美味小吃难述尽，君来南市俱能尝。

一九八九年夏　天津

注：狗不理包子、十八街麻花、耳朵眼炸糕均为天津的名小吃。

航母主题公园

退役"基辅"卧海边，主体航母建公园。

九层甲板巨无霸，武器生活样样全。

二〇二〇年十月四日　天津滨海

注：基辅号是苏联航母，1999 年退役，被我国买下收藏在天津滨海新建

的航母主题公园。上面的防卫和进攻武器系统都非常齐全，生活系统也非常健全，连桑拿室、健身房都有。海滨还有潜艇和巡洋舰可参观，岸上有俄罗斯风情园和各种型号的功勋战机可参观。

瓷房子

古建洋楼瓷饰面，晋唐以后古瓷全。

官民片器七八亿，举世无双一大观。

二〇二〇年十月五日　天津

注：瓷房子原为20世纪20年代的洋楼，2002年由1957年出生的天津人张连志用3000万人民币买下。张连志是商人、收藏家和艺术家，买下后他亲自设计，用其收藏多年的全部瓷器珍品进行改造装修，其中有4000多大件古瓷器、300多个唐宋汉白玉石狮、40多吨水晶石和玛瑙、7亿多古瓷片、1300多个古瓷盘和瓷碗、300多个瓷猫枕、300多尊历代石雕像，等等。院墙是由民国和晚清时期的古瓷瓶垒砌而成，里面灌满了水泥。在这里可以找到古今官窑、民窑的所有门类，总之，所有表面都是用古瓷器装饰的。

逛街购物

商业路街十几条，观光购物任逍遥。

品级要比北京好，更有价格稍逊高。

二〇二〇年十月六日　天津

听书看戏

多种曲艺发源地，各型剧场密相集。

听书看戏特方便，票价全国此最低。

二〇二〇年十月六日　天津

三、河北

十六字令·双娇
——题妯娌合影

瞧，红伞蓝天映双娇。玉栏处，妯娌正闲聊。

一九八七年夏　河北玉田老干部局

故乡情
——题玉田县政府门前照

蒙学问世玉田县，游子一别近万天。
美梦常常回故里，衙前留影梦一般。

一九八七年七月八日　河北玉田县政府前

山海关

镇东楼上观沧海，山海关前赏燕山。
断岭锁龙无二地，长城万里第一关。

一九八七年八月　河北秦皇岛

北戴河

避暑之滨北戴河，奇石怪洞趣情多。
滩头尽兴海沙浴，观海填词鸽子窝①。

一九八七年夏　河北秦皇岛

注：①鸽子窝即鸽子窝公园，此处看海上日出极佳，毛泽东的《浪淘沙·北戴河》词即在此作。另外，1898 年清政府开辟的避暑之地——联峰山公园，是 1971 年发生震惊中外的"九·一三"事件之地。

初下海——纳闷

蔚蓝大海微漂浪，母女纵情游一场。
气垫随波刚荡起，为何又变卧沙床？

一九八七年夏　河北北戴河中海滩浴场

初下海——心慌

莫道平生有胆量，最初下海也心慌。
浪涛一打又回岸，仍觉极深狠劲忙。

一九八七年夏　河北北戴河中海滩浴场

初下海——决心

沙上泛舟一场误，原来花浪戏老娘。
夺舟再往海中闯，誓要寻游四大洋。

一九八七年夏　河北北戴河中海滩浴场

初下海——飞舟遏浪

扬波作浪莫嚣张，今日老娘偏要强。
母女同舟齐努力，飞舟遏浪闯东洋。

一九八七年夏　河北北戴河中海滩浴场

大 方

闺中秀女四十狂，藕色肌肤曝了光。

不是碧波来引诱，哪能如此大方方！

一九八七年夏　河北北戴河中海滩浴场

虎石滩

虎状礁石卧海滩，浪花激起又回澜。

和声陪伴浪飞走，狂舞豪歌倒海天。

一九九五年四月　河北北戴河老虎石公园

避暑山庄

肇①建山庄三百年，七十二景忆康乾②。

木兰秋狝③比枪箭，澹泊敬诚④选圣贤。

丽正宫门⑤图世界，空墙暖阁为夺权⑥。

虽说长治凭良策，封建独裁哪个安？

二〇〇三年九月十六日　河北承德

注：①肇也是爱新觉罗的姓氏。

②"忆康乾"意为康熙和乾隆各命名山庄中的三十六景。

③木兰秋狝是指皇家围猎。

④澹泊敬诚是堪称金銮殿第二的大殿名称，"澹泊敬诚"大匾是康熙御笔，意为"静以修身，俭以养德"。

⑤丽正宫门是宫殿区的正宫门，也是避暑山庄的正门。门上"丽正门"匾额是乾隆御笔。"丽正"是指皇帝必须正直、正大光明，才能一统天下之意。

⑥为夺权意指慈禧曾在窃空的暖阁墙内偷听咸丰病重时议政。

金 山

峰遣翠峦探碧湖，玲珑杰阁仿姑苏。

宇间错落几松树，好似云竹巧入图。

二○○三年九月　河北承德避暑山庄

四面云山亭

亭立云山顶，招来四面风。

群山舞眼底，振臂任抒情。

二○○三年九月　河北承德避暑山庄

山庄冷宫

北枕双峰宫院藏，枫林疏影罨寒窗。

竹篱稀绕难出入，谁叹孤灯对冷床？

二○○三年九月　河北承德避暑山庄青枫绿屿

注：传说这里是软禁嫔妃的冷宫，但无据可查。

遥望敞晴斋

步入山庄眼界开，离宫墙上慢徘徊。

葱茏遥掩皇亭宇，拱手问知敞晴斋。

二○○三年九月　河北承德避暑山庄二马道

草原缩影

绿地黄旗红串灯，白包数座顶圆篷。

艳妆靓妹刚停舞，酒令喧压牧歌声。

二〇〇三年九月　河北承德避暑山庄万树园

小布达拉宫①

观音道场建佛宫，雄伟壮观人世穷。

风水频招超度客，喇嘛盛诵救生经。

乾隆母子庆华诞，青藏蒙新来献忠。

未敬寻常拜寿礼，普陀寺落热河营。

二〇〇三年九月　河北承德普陀宗乘之庙

注：①小布达拉宫即普陀宗乘之庙，亦称普陀寺。普陀宗乘是藏语"布达拉"的汉译，指普陀山，传说是观世音的道场，佛教圣地。普陀寺为1767年为乾隆母子祝寿，仿西藏布达拉宫在热河营复建。"青藏蒙新"代指青海、西藏、蒙古和新疆四个地区民族的王公贵族。

大红台

大白台上大台红，雄伟辉煌佛事兴。

万法归一皆颂圣，慈航普渡众苍生。

二〇〇三年九月　河北承德普陀宗乘之庙

注：万法归一和慈航普渡是寺中两座殿宇。

藏戏台

藏庙藏佛藏戏台，演神演鬼演人才。

传来传去传不败，有喜有忧有苦哀。

二〇〇三年九月　河北承德普陀宗乘之庙

白台五塔

象守白台五塔供，亚葫芦状色不同。

高低粗细形微异，藏教内涵我不清。

二〇〇三年九月十七日　河北承德普陀宗乘之庙

大红台上远眺

遥望行宫①隐翠峦，犹如巨舰泊河湾。

苍茫之处若灯塔，又似棒槌②插在山。

二〇〇三年九月　河北承德普陀宗乘之庙

注：①行宫指外八庙中的须弥福寿之庙，是班禅行宫。
　　②棒槌指棒槌山。

班禅行宫

须弥福寿庙①恢宏，六世班禅御赐宫。

祝寿远来堪壮举，江山万里共繁荣。

二〇〇三年九月　河北承德须弥福寿之庙

注：①须弥福寿之庙是 1780 年为迎接西藏六世班禅入觐朝贺乾隆帝七旬庆典而仿照班禅居所扎什伦布寺形制兴建，是乾隆为六世班禅跋涉万里从西藏来承德给自己祝寿而建的行宫。

行宫主楼

大红台内矗华楼，双顶飞檐金满镏。

大院深宅极秀处，班禅祝寿此楼休。

二〇〇三年九月　河北承德须弥福寿之庙

班禅祝寿

——观祝寿表演

班禅万里拜乾隆，龙凤行宫门外迎。

共庆中华成一统，民族和睦促繁荣。

二〇〇三年九月　河北承德须弥福寿之庙

欢迎舞会

——观看表演

大红台前立百官，大红毡上舞翩翩。

龙颜大悦因何故？六世班禅伴圣边。

二〇〇三年九月　河北承德须弥福寿之庙

琉璃牌坊

绕过山石红色墙，迎头矗立一牌坊。

琉璃到顶多雄伟，彰显行宫更富皇。

二〇〇三年九月　河北承德须弥福寿之庙

万寿琉璃塔

塔满琉璃呈瑞祥，庄严雄伟映霞光。

班禅六世讲经处，立塔建宫歌盛昌。

二〇〇三年九月　河北承德须弥福寿之庙

世界独尊

叛平敕建大佛寺，藏汉合一气势雄。

前院大雄宝殿美，后庭大乘之阁宏。

观音木像百吨重，善面慈容千手生。

立地顶天阁内立，独尊世界显神矢。

二〇〇三年九月十八日　河北承德普宁寺大乘之阁

注：普宁寺俗称大佛寺，是乾隆二十年（1755）为庆祝平叛胜利，仿西藏三摩耶庙而建。前半部以大雄宝殿为主供奉着三世佛，后半部以大乘阁为主，其也是寺庙内的主体建筑，内供善财、龙女和一尊世界上最大的千手观音木雕佛像。通高 22.23 米，腰围 15 米，用木 120 立方米，总重 110 吨，仅头就重 5 吨，被称为世界独尊。

净觉寺[①] 前悟

千年古刹盖京东，游子缅怀寻故情。

殿后佛前曾戏耍，老来才懂敬神灵。

二〇〇五年六月　河北玉田县净觉寺

注：①净觉寺位于河北省玉田县蛮子营附近，始建于唐，有"京东第一寺"之称。

小村情深

村有百家姓，人人辈分明。
三姑二表舅，相处总关情。

二〇〇五年八月二十六日　河北玉田县前黄垞

如此行善

崇教拜佛求寿延，开车走路祈平安。
诱人昼夜捕飞鸟，买鸟择时把愿还。
卜算数天吉利日，凑成一伙放生团。
笼门大敞鸟不走，抓起一瞧命早完。

二〇〇五年八月二十七日　河北玉田县前黄垞还乡河畔

鸦鸿桥今昔

还乡河畔鸦鸿岗，商贾云集五百秋。
商品批发今更盛，只惜河水已断流。

二〇一五年六月二十日　河北玉田县鸦鸿桥镇

注：1980 年前后，还乡河水还在流淌，到 2005 年时还乡河水已断流。

返　校

思念五十载，如今返校来。
全非原面目，唯有一棵槐。

二〇一五年六月　河北玉田一中旧址（现为玉田三中）

注：学校现仅存有 20 世纪 60 年代就在玉田一中图书馆前的一棵槐树。

唐山略忆

——唐山地震四十年后

四十年后拜唐山，原貌废墟都不见。

难觅小山"大世界"①，姐家故地变校园。

二〇一六年十月二十五日　河北唐山

注：①小山和小山上的"大世界"是唐山大地震前最繁华的地方。

清东陵石牌坊前观

六柱五门十一房，石牌坊隐寝龙庄。

翠山环绕冥楼外，石像排列神道旁。

峻阁崇楼皆有序，奇石秀水尽吉祥。

红黄闪烁绿波涌，天地相合阴配阳。

二〇〇七年五月　河北遵化马兰峪

注：东陵内的主要建筑都是红墙黄琉璃瓦，掩映在山谷里的参天古木之中。

慈禧陵寝

普陀峪里隐定陵，皇后园中凤引龙。

刻画梨梁金作彩，透雕砖壁扫筛红。

金龙和玺构图美，丹凤回头写意浓。

统治清宫半世纪，长眠此处任人评。

二〇〇七年五月　河北遵化马兰峪清东陵

裕 陵

质量规模冠五陵①，雕刻精美广传名。

青石九券四门壁，梵藏双文万字经②。

佛在心中五欲供，风调雨顺③四天星④。

料择名地选其秀，修建五十七载成。

二〇〇七年五月　河北遵化马兰峪清东陵

注：①五陵指清朝的抚顺永陵、沈阳北陵和东陵、易县西陵与遵化东陵。
②双文万字经指墓道券堂的青石壁上雕刻着30111字的梵藏文经咒。
③佛在心中、五欲供、风调雨顺是墓内三组石雕的寓意。
④四天星指四大天王雕像，手持宝物寓意风调雨顺。

东陵二郎庙

清帝陵区建庙堂，天神下界会阎王。

七十一座都居外，陵内唯留杨二郎。

二〇〇七年五月　河北遵化马兰峪清东陵

四、山西

平遥古城记

阅历人间五百载，世遗名录有其名。
灰砖黛瓦院庭美，古刹旧衙底蕴浓。
阡陌巷中商贾密，高宏城上箭楼精。
日升昌记多游客，清代镖局展旧情。

二〇一八年二月春节　山西平遥古城

六大街

两街横贯东西向，南北错开街两条。
另有城隍县署路，南街南段与之交。

二〇一八年二月春节　山西平遥古城

街头大观

福寿财神街上游，街头陪照几洋妞。
清朝军士鸣锣走，蒋氏残兵跷腿休。
老道举幡寻问卜，商童①网上找需求。
北门可照骆驼景，万岁②高书墙上头。

二〇一八年二月春节　山西平遥古城

注：①商童指街上摆小摊的小男孩，边卖货边玩手机。
　　②万岁指高墙上仍书写着"毛主席万岁"的红色大标语。

年前年后

平遥过大年，街上一奇观。

昨日任人跑，今朝肩碰肩。

二〇一八年二月春节　山西平遥古城

西大街

凤仪门内西街上，世事有痕①标志明。

大字高书②"文革"事，日升昌记叙前清。

二〇一八年二月春节　山西平遥古城

注：①世事有痕指仍存留的以前的市井痕迹，如肩幡算卦的老道、挎篮
　　卖烧饼的小贩等。
　　②大字高书指"文化大革命"时期的大字标语。

南大街

市井繁华好去处，装潢奇特店商集。

客需商品无不有，入夜彩灯景更奇。

二〇一八年二月春节　山西平遥古城

古城南门

龟城①四面建八门，雄伟门楼各显神。

高阁重檐围巨柱，瓮城里面假藏真②。

二〇一八年二月春节　山西平遥古城迎薰门（南门）

注：①平遥古城亦称"龟城"。
　　②假藏真指瓮城里面布满了真真假假的防御工事。

古城墙

乱世天灾几世纪，雄姿未减似当年。

但因风雨慢侵腐，累累伤痕处处斑。

二○一八年二月春节　山西平遥古城

平遥古城①

砖包夯土增坚固，马面敌楼更显威。

尽管沧桑留痕迹，尊容未减已为魁。

二○一八年二月春节　山西平遥古城

注：①平遥古城建于明朝洪武年间，是我国保留最古老、最完整的县城。

城之夜

两千八百载，仍在秀容颜。

夜幕降临后，城郭金作边。

二○一八年二月春节　山西平遥古城

民　宅

灰砖灰瓦琉璃脊，木窗木门单面房。

三意三雕装饰美①，四合四面外无窗。②

二○一八年二月春节　山西平遥古城

注：①木、砖、石三种雕饰称三雕，雕刻上表达的儒家思想、关公精神
和祈福纳吉为三意。
②四合院的四面都是房屋，且都是单面屋顶一致向内，外墙无窗，
故称"四合四面外无窗"。

翰锐呈会馆

古客栈，今旅馆，镶嵌小城街巷里。

木门窗，石茶几，枣形红灯挂檐底。

仿古床，仿古椅，文风雅气招人喜。

暗空调，冷热水，装潢设施家难比。

二○一八年春节　山西平遥东大街

金井市楼①

金井看风水，市楼赏景观。

长街商贾密，短巷小吃全。

二○一八年二月春节　山西平遥南大街

注：①金井市楼是一座漂亮的楼阁，矗立在南大街中央，明清时是管理市场的地方。清朝康熙年间的平遥县志中就有"市楼金井在县中，楼高百尺，井内水色如金"的记载。

日升昌票号

实木黑漆饰内外，临街门面五开间。

汇通天下始为祖，给力中华二百年。

建筑构思神秘秘，经营管理法严严。

日升昌盛因何故？慧眼识贤敢放权！①

二○一八年二月春节　山西平遥西大街

注：①最后一句的意思是财东李大全慧眼识珠结识了才华横溢、善于经营管理的雷覆泰，并且让他独立经营，自己为所有者，只拿分红，基本不干预经营。

听雨观风楼

衙门东侧一楼阁，券拱高台街市通。
听雨观风分里外，不知何意隐其中。

二〇一八年二月春节　山西平遥古城衙门街

平遥衙门口

雄狮蹲守衙门口，堂鼓威严架里厢。
影壁隔街相对立，署衙未进心已慌。

二〇一八年二月春节　山西平遥古城

仪　门

门阔三间飞顶檐，礼仪开启日常关。
东人西鬼旁门走，遥望公堂特威严。

二〇一八年二月春节　山西平遥县衙

大　堂

六檩五间北向南，武文六部布旁边。
公堂正面无拦遮，审案公开示法严。

二〇一八年二月春节　山西平遥县衙

宅　门

绕过公堂是大院，生活公务混其中。
宅门守卫称门子，向里通融需领情。

二〇一八年二月春节　山西平遥古城

注："走门子"就是由此而来。

二　堂

天理国法人情匾，背挂宅门二堂前。

仁政爱民多体现，力求调解促民安。

二○一八年二月春节　山西平遥县衙

芝麻官

离家五百里，异地促清廉。

不可带家眷，难为小县官。

二○一八年二月春节　山西平遥县衙

注：本诗所述均为二堂后面县太爷官宅"勤慎堂"里公示条文中规定的内容。

牢　狱

公堂西侧高墙垒，牢狱森严与世隔。

发配囚徒枷锁戴，押解重犯木笼车。

二○一八年二月春节　山西平遥县衙

镖　局

乾隆批准第一镖，商礼运行任路遥。

直到道光兴票号，镖局从此变萧条。

二○一八年二月春节　山西平遥南大街

清虚观

一千三百五十年，三教合一面面观。

清虚之地儒佛有，吕祖三清主祭坛。

二〇一八年二月春节　山西平遥东大街

古城二郎庙

古城多古庙，亦有二郎神。

他要管何事，莫非搞探侦？

二〇一八年二月春节　山西平遥北大街

城隍庙

建筑风格多特色，琉璃装饰亦称绝。

六曹土地灶财殿，共辅城隍促和谐。

二〇一八年二月春节　山西平遥古城

注：平遥城隍庙内建有土地堂、转生堂、六曹府、灶王殿和财神殿等。

平遥小吃

平遥牛肉刀削面，陈醋碗托栲栳栳。

虽道小吃八又百，其他特色找不着。

二〇一八年二月春节　山西平遥古城

平遥牛肉

平遥美味百余种，牛肉冠云排第一。
特色名扬海内外，质优味美都称奇。

二〇一八年二月春节　山西平遥古城

刀削面

大锅清水滚花开，大嫂飞刀往复来。
蒸汽腾腾白片舞，面香引得客排排。

二〇一八年二月春节　山西平遥古城

品　尝

特色小吃多，给娘尝碗托。
不知何味道，急待老娘说。

二〇一八年二月春节　山西平遥古城

自　拍

城内景观美，城头高举杆。
娘儿聚目看，已入景中间。

二〇一八年二月春节　山西平遥古城

注：用自拍杆自拍。

逛花灯

花灯布展南门外，"汪汪"①高高正拜年。

多彩牌楼引入胜，奇形怪状望无边。

二〇一八年二月春节　山西平遥古城

注：①今年是狗年春节。

大型情景剧《又见平遥》

镖局票号忆当年，社会实情都涌现。

观众演员一镜出，宏观场面情相贯。

二〇一八年二月春节　山西平遥古城

五、辽宁

春风得意

春风送暖艳阳照，母女游园喜气浓。
若问为何如此乐，只因我女又头名。

一九八七年春节　辽宁抚顺儿童公园

我的一家
——题全家照（妈妈六十九岁）

贤妻勤奋主持家，二女少年知奋发。
业立家成多美满，幸福来自老妈妈。

一九八七年初夏　辽宁抚顺旧居前

留影花前
——题祖孙合影

奶奶七十背不驼，愁痕微展但难磨。
孙儿陪伴心中喜，留影花前多快活。

一九八七年初夏　辽宁抚顺旧居窗前

天外天

青山深处隐佛楼，天外有天诱客游。

五岳盛名虽广颂，千山古刹另藏幽。

一九八七年夏　辽宁鞍山千山

中朝界桥

一江①分两国，一步入双韩。

一路连双岸，一桥跨两边。

一九八七年十一月　辽宁丹东

注：①一江指鸭绿江。

沈阳故宫

肇氏①始称帝，运筹在此宫。

金龙盘殿宇，预演九州同。

一九八八年八月　辽宁沈阳

注：①肇氏指爱新觉罗家族，皇太极在此称帝。

北　陵

女真崛起满洲同，都建盛京清太宗。

正欲兴兵图世界，昭陵园寝困蛟龙。

一九八八年八月　辽宁沈阳

注：女真族统一满洲后，建都沈阳，清太宗在此称帝，后于攻打明朝入关前在沈阳去世，葬于昭陵（沈阳北陵）。

山水洞

半山幽洞有船开，冷得鱼儿少往来。
玉色奇石处处是，似人若物客频猜。

一九九〇年八月　辽宁本溪

煤矿花园

黑龙①墨虎②两相间，偶见奇亭立秀园。
莫道锁阳③皆褐地，煤堆顶上也花坛。

一九九二年八月　辽宁抚顺新屯公园

注：①"黑龙"意指龙凤煤矿。
　　②"墨虎"意指老虎台煤矿。
　　③抚顺原名称"锁阳"。

关外早春

叠石卧处樱花闹，风扰青松翠满梢。
残雪斑斑点绿地，百花正待竞风骚。

一九九五年五月　辽宁抚顺劳动公园

抚顺纪事

高尔山巅辽代塔，观音阁下锁阳楼。
清龙①出世发祥地，薛礼征东曾驻留②。

一九九五年八月　辽宁抚顺

注：①清龙指清政府皇帝，抚顺赫图阿拉是努尔哈赤出生和成长之地。
　　②最后一句是指唐朝薛礼征东时，曾在抚顺大伙房村一带扎营。

喜庆银婚

合卺同心志向一，并肩携手育孩提。
女儿双把龙门跃，银婚正庆老夫妻。

一九九七年五月二十二日　辽宁抚顺

注：我与夫人庆银婚之时，两个女儿都已考入大学。

接闺女

适逢腊月九天寒，鹭岛求学小女还。
接过行包忙训问，为吗变瘦省啥钱?!

一九九七年腊月　辽宁抚顺城火车站

庆佳期

倾心育女志不移，今已双披学士衣。
长女大学执教案，新婚今日庆佳期。

一九九八年八月八日　辽宁抚顺

注：我的两个女儿都考入了大学，大女儿已经毕业，现为大学教师，当日是她和女婿新婚庆典之日。

挖野菜

桃放粉花柳展眉，和风缓缓送冬归。
欲挖野菜搜荒地，哪种嫩芽能入炊?

一九九九年四月　辽宁抚顺郊外

互 扰

跃上沙发用力扑，欢欢①不让我翻书。
咔嚓一下银光闪②，惊得犬儿停住足。

一九九九年秋　辽宁抚顺家居

注：①"欢欢"为家犬名。
　　②银光闪为照相机的闪光灯。

采蘑菇

深山林密处，翁婿采蘑菇。
疲惫坐依树，筐中半个无。

一九九九年秋　辽宁抚顺黄旗山中

戏 雪

银装素裹艳阳高，灌木丛中独一乔。
戏雪稍休轻倚树，更添老妇几分娇。

二〇〇〇年冬　辽宁抚顺浑河畔

雪地情怀

霞光斜入树间坪，寂静无风雀几声。
尺雪连天封世界，丈松立地架银篷。
艳阳夕照景多美，夫妇老来情更浓。
携手开篇新故事，笑声洋溢剧情中。

二〇〇〇年冬　辽宁抚顺浑河畔

飞抵桃仙

游罢闽南今日还，夫妻携手降桃仙。

并非存款千千万，无虑自然多笑颜。

二〇〇一年八月二十七日　辽宁沈阳桃仙机场

注：夫妻俩都已提前退休，两人收入之和不足千元，在全省及全国都远低于平均工资收入。然而，两个女儿都已大学毕业，长女在大学任教，次女在厦门大学即将获得硕士学位，都无须我们供养了。因此，我与夫人开始实施旅游计划。

后金宫殿

兴京①有圣气，哺育后金龙。

议政八檐殿，生活四角宫。

二〇〇一年夏　辽宁抚顺新宾赫图阿拉城

注：①古称新宾为兴京，是清太祖努尔哈赤出生和发迹之地。

郊游感

抱负难施权力压，心烦无奈看蛇瓜。

不知何处人能醉，且把串红做桃花。

二〇〇一年九月　辽宁抚顺新宾

注：我是搞产品设计的，有一些新产品构思，但受制于种种因素无法进行研制，心绪不佳。在郊外的农家乐菜园中看到了蛇瓜和串红，感而作之。末句有向往桃花源之意。

59

省城之夜

古是盛京今省城，女儿伴我夜观灯。

大街小巷白如昼，一路秧歌一路情。

二〇〇一年国庆　辽宁沈阳

注：国庆期间女儿和女婿陪伴我们夜游沈阳城。

雪中思

午前暴雪驾狂风，午后突然天作晴。

抖落松端几块雪，飘悬头上一条虹。

天空多变自兴叹，世事难平君莫争。

真理如同虹拱起，虚无缥缈半悬空。

二〇〇一年岁末　辽宁抚顺浑河畔

春满人间
——题夫人与女儿女婿合影

湖光柳色美，春意满人间。

女孝娘慈善，招来婿更贤。

二〇〇二年春　辽宁抚顺劳动公园

植物园

丘山阔水榭亭连，异木奇花多万千。

飞荡攀岩惊破胆，浮桥踏索让心悬。

二〇〇二年六月　辽宁沈阳

植物园野餐

奇花异木连连看，日已偏西才打尖。
酒肉虽然吞进肚，不知哪是辣和甜。

二〇〇二年六月　辽宁沈阳

雨后牡丹

昨夜娇容毁，群芳羞待宾。
浓香未散尽，艳色地留魂。

二〇〇二年六月　辽宁沈阳植物园

往事成歌
——题夫妇雪中嬉戏照

茫茫瑞雪饰城郭，素裹银装天地合。
夫妇雪中游兴盛，诸多往事已成歌。

二〇〇三年春节　辽宁抚顺劳动公园

捣练子令·雪
——献给我的夫人

花六姐，舞婆娑，天外飞来不用歌。远近高低同世界，银装素裹最风格。

二〇〇三年二月十八日　辽宁抚顺劳动公园

注：我的夫人出身贫苦家庭，为人正直，好打抱不平，不喜欢艳妆，注重内在美。

闹花灯

花街入夜万人拥，火树银花布满城。
震耳连环花炮响，举头一片彩珠腾。
千姿百态随光展，万紫千红伴响明。
狂舞龙狮更助兴，丰年正月闹花灯。

二○○五年春节（农历正月十五）　辽宁抚顺

看烟花

夫妇匆匆忘理容，街头举目向长空。
声声彩炮震天响，朵朵烟花映地红。
火树银花满月夜，碧鸡金马盖苍穹。
回头指告那边美，正巧娇容入镜①中。

二○○五年春节（农历正月十五）　辽宁抚顺

注：①"镜"指照相机镜头。

樱花赞

挤挤插插枝上排，秀条被迫把头埋。
红颜正盛姿难展，绿叶待出胚已开。
不慕群芳柳伴舞，只迎几队雁归来。
年年此季展其志，招得游人扑入怀。

二○○五年四月二十八日　辽宁抚顺浑河畔

湖　畔

宽阔澄湖畔，小船微荡痕。
桥端花伴柳，景色醉游人。

二〇〇五年五月二日　辽宁抚顺劳动公园

花树球

花树修成矮树球，树球好似小山丘。
山丘围簇靓红女，红女轻拂花树游。

二〇〇五年五月　辽宁抚顺劳动公园

题辽塔照

巍峨宝塔两千载，饱览人间盛与衰。
愈老愈多神圣气，黄花绿树伴仙来。

二〇〇五年五月　辽宁抚顺高尔山公园

扰山游

弯腰翘首向峰游，倚树稍休慢仰头。
放眼惊观已近顶，倾腔狂喊哑音喉。
汗滴勤蚁不择路，声震飞禽慌乱投。
忽见草丛蹿野兔，追寻不觉日将收。

二〇〇五年五月二十六日　辽宁抚顺高尔山将军峰

初冬漫步高尔山

玉树满山无序栽，蓝天为衬雪为台。

阳光点点林中洒，时有"昙花"①飘入怀。

　　　　　　　　二〇〇五年十二月八日　辽宁抚顺高尔山

注：①昙花是形容树上的冰霜经太阳照晒，像雪花一样飘落下来，边飘边化，落地已无，就像昙花一样。

参观沈阳世博园

异木奇花遍地栽，多国园艺伴春来。

异国特色风情展，奇特清香扑入怀。

　　　　　　　　　　二〇〇六年五月　辽宁沈阳世博园

斜　塔

远瞧酷似炮身抬，此塔号称第一歪。

走近方知绝妙处，扇形钢索拽成排。

　　　　　　　　　　二〇〇六年五月　辽宁沈阳世博园

观景台

高耸入云如百合，雄姿高展甚华奢。

据说可见满园景，不让登游怎奈何？

　　　　　　　　　　二〇〇六年五月　辽宁沈阳世博园

端午赏槐

山满槐花绿色稀，林间信步令神怡。

香风阵阵谢飞蜜，花雨纷纷怨跳鹏。

频见乡人采艾草，方知端午忆今昔。

当年二女陪同赏，今在北京难聚齐。

二〇〇六年五月三十一日　辽宁抚顺高尔山公园

外孙女登山

洙珠两岁喜登山，高尔山巅玩一玩。

别看我孙步子小，一直走在大家前。

二〇〇九年七月　辽宁抚顺高尔山公园

祖孙嬉戏

祖孙嬉戏特开心，脉脉温情沁眼神。

双臂频频高举起，欢声笑语荡湖滨。

二〇〇九年八月　辽宁抚顺劳动公园

夫妻树
——为沈阳北陵夫妻树照题

牵手连心三百载，栉风沐雨不离分。

青松犹有连心志，难怪夫妻情意深。

二〇一七年一月九日　北京西单

六、吉林

长春印象

非洋非土貌平常，长影一汽枉增光。
自古长春少战火，缘何发展懒洋洋。

二〇〇五年六月十二日　吉林长春

参观伪皇宫有感

孙君推倒帝王朝，华夏顿时翻浪涛。
军匪借机开战火，倭贼乘势耍妖刀。
拉出伪满狂侵略，架起溥仪猛叫嚣。
莫看群魔乱作舞，到头还是进监牢。

二〇〇五年六月　吉林长春

长春电影城

久慕长春电影城，一瞧却是有空名。
寒酸几处凋零景，导演明星咋弄情。

二〇〇五年六月　吉林长春

图们市

巧汇江河^①水，泊来遍地春。

人勤耕沃土，更有满山参。

二○○五年六月　吉林图们

注：①江河是指嘎呀河与图们江。

国界线

江畔倚亭望远山，依稀山下有炊烟。

界桥两侧人相问，衣容无异语同言。

二○○五年六月　吉林图们

注：图们市是朝鲜族居住较多的地方，位于中朝边境。

延吉市

长白^①东麓一城堡，布尔哈通^②美束腰。

欢聚勤劳高句丽^③，迷歌善酒舞姿娇。

二○○五年六月　吉林延吉

注：①长白指长白山。
②布尔哈通是河的名称，流经延吉市中心。
③高句丽即朝鲜族。

就餐高丽饭馆

门里一铺炕，间隔镂画窗。
油煎土豆饼，酱炖石锅汤。
泡菜拼盘美，红粮酿酒香。
桌边盘腿坐，转瞬满桌光。

二〇〇五年六月　吉林延吉朝鲜族风味馆

美人松①

腰无枝展体修长，红细皮肤尖脸膛。
青发圆梳飘几缕，从不外嫁俏姑娘。

二〇〇五年六月　吉林二道白河

注：①美人松是稀有树种，数量极少，每棵都有"户口"。仅生长在吉林二道白河附近，移栽异地则不能成活。

长白山①

山脉长白贯北东，头冬夏脚嵌春中。
汗流腹背三江满，峰隐瑶池盖世穷。
三百多年刚入梦，四千种物已传宗。
悬河飞下惊天地，雾锁温泉气势宏。

二〇〇五年六月　吉林二道白河

注：①长白山纵贯我国北疆东侧，是一座休眠火山，1702 年最后一次喷发，是松花江、图们江和鸭绿江的发源地。现有野生植物 2540 多种，野生动物 1500 余种。

话说天池

康熙未老地先崩，移得瑶池到秀峰。
韵士骚人兴叹少，奇观今日我来评。

二〇〇五年六月　吉林二道白河

注：因天池形成较晚，距今才300多年，再加上近代休闲的韵士骚人已少，所以很少有他们对长白天池的议论。

平观天池

峭壁起伏环水边，水连玉雪雪连天。
独留一角飞流泻，劈雪成川千尺寒。

二〇〇五年六月　吉林二道白河

俯览天池

天文峰顶阵风寒，雾罩云拂若在天。
水碧天蓝一片片，秀峰疑在水中旋。

二〇〇五年六月　吉林二道白河长白山天文峰

雾锁天池

山灰浓雾覆山巅，风烈地滑不胜寒。
转瞬豁然云雾散，蓝天一片落山间。①

二〇〇五年六月　吉林二道白河长白山天文峰

注：①最后一句的意思是云雾散尽，蓝天映在水中，难辨是水是天。

69

长白瀑布

莽莽长白狂吐情，飞流破雾挂天庭。
劈开冰雪腾寒气，声似转雷山谷鸣。

二○○五年六月　吉林二道白河长白山

牛皮花赞

白云深处隐峰峦，雾笼峰间雪几斑。
绿叶琼花点玉地，誓和冰雪共风寒。

二○○五年六月　吉林二道白河长白山天池岸边

天文峰奇观

雾锁峰端隐碧水，满坡厚覆火山灰。
悬崖七色天雕柱，只恐风来云荡飞。

二○○五年六月　吉林二道白河长白山

注：池水四周是火山喷发后留下的悬崖峭壁，还有拔地而起的火山石柱，多彩多孔，看上去很轻，就像玲珑剔透的雕刻艺术品。

小天池

小巧玲珑别有情，天工雕秀美如屏。
门庭冷落缘何故？因有瑶池在顶峰。

二○○五年六月　吉林二道白河长白山

通化印象

盖地铺天广告牌，心思费尽搞明白。

人参蜜饯葡萄酒，石砚鹿茸名未衰。①

二〇〇五年六月　吉林通化

注：①人参、蜜饯、葡萄酒、鹿茸和石砚，均为通化自古以来的名特产。

七、黑龙江

站前观

哈尔滨站貌平常，设备却全还很洋。
广场花坛布展美，六条马路若光芒。

二〇〇五年六月十五日　黑龙江哈尔滨火车站

雄鸡高歌

雄鸡傲立站之前，昂首挺胸歌正欢。
高唱江城广厦起，狂歌百姓内心甜。

二〇〇五年六月　黑龙江哈尔滨火车站

红博双剑

琳厦如双剑，凌云刺向天。
红博多少事，笑纳在其间。

二〇〇五年六月　黑龙江哈尔滨红博广场

抗洪纪念塔

江水穿城故事演，恩恩怨怨两千年。

渔农虽得大江助，百姓也遭洪水淹。

倒海狂涛欲破岸，排山民众战波澜。

狂流无奈顺江去，立塔宣言誓告天。

二○○五年六月　黑龙江哈尔滨松花江畔

今日红军街

远看红博①近看花，路边树影密麻麻。

当年抗日过红旅②，今日迎宾满店家。

大厦精雕放异彩，高楼巧布绕云霞。

江城风景美如画，妙笔点睛唯有她。

二○○五年六月　黑龙江哈尔滨红军街头

注：①红博是广场名。
　　②红旅代指苏联红军。

观圣·索菲亚教堂感

百年传教把名扬，合璧亚欧一教堂。

万物和谐多美好，生灵争斗却经常。

教徒亦有杀人痞，俗子也多救命郎。

只要善心常济世，一生坦荡永宁康。

二○○五年六月　黑龙江哈尔滨

太阳岛

松花江上一幽洲，树隐花堤景色优。
水曲山叠松柳伴，鹿鸣鼠跳饮食求。
丁香气扰湖边侣，瀑布声围水上舟。
俄式园中人济济，太阳岛上客多游。

二〇〇五年六月　黑龙江哈尔滨

松鼠岛观奇

松鼠稀奇不爱松，攀槐爬柳草中行。
长长后尾跳犹稳，短短前肢坐亦匆。①
酣睡团曲推不醒，贪吃躬坐吓难惊。
树间嬉戏空中跃，转眼难寻小怪灵。

二〇〇五年六月　黑龙江哈尔滨太阳岛

注：①松鼠跑跳时大尾巴总是高高地翘起，而吃东西时经常直坐，两个短小的前肢快速地在嘴前忙着扒皮等动作。

俄罗斯风情园

幽静林中隐小楼，几何基调顶圆丘。
花裙胖嫂鼻头大，笑满全身唤客留。

二〇〇五年六月　黑龙江哈尔滨太阳岛

怪　雕

谁雕枯树作妖头？精美引人频注眸。

爱抚摸之凉且硬，原为泥塑逗君游。

二〇〇五年六月　黑龙江哈尔滨太阳岛

新春哈尔滨

新春正月到哈滨，仍是洁白美丽城。

雪塑冰雕满世界，琼花入夜更晶莹。

二〇一七年一月三十日　黑龙江哈尔滨

冰世界

佛塔神坛连广厦，玲珑雕塑嵌其间。

晶莹剔透造型美，雪地为台幕是天。

二〇一七年一月三十一日　黑龙江哈尔滨

冰　城

冰人冰马冰城堡，冰塔冰山冰景观。

雪地冰天雕塑美，冰城美誉不虚传。

二〇一七年一月三十一日　黑龙江哈尔滨

冰　灯

白日冰雕夜变灯，五颜六色变不停。

琳琅满目疑仙境，更有迷人故事情。

二〇一七年一月三十一日　黑龙江哈尔滨

注：大多冰雕都是有内涵和故事情节蕴含其中的。

太不像话

光天化日雪铺地，童女弓腰拉爬犁。

后坐两人嬉戏笑，不该如此把童"欺"！

二〇一七年二月一日　黑龙江哈尔滨

雪　雕

远处雪雕形象美，近前排宴雪冰间。

火锅高架雪桌上，围坐虎皮大碗端。

二〇一七年二月一日　黑龙江哈尔滨太阳岛

冬日太阳岛

冬日太阳岛上观，雪屋热饮巧合一。

清冰洁雪雕塑展，各路名家技艺奇。

二〇一七年二月一日　黑龙江哈尔滨

冬日松花江

曾经奔涌浪叠浪，今日威风踪迹无。

三尺青冰全覆盖，千军万马任追逐。

二〇一七年二月二日　黑龙江哈尔滨

绥芬河①

五十街道②网格形，环倚青山如挂屏。

市貌雅洁含大度，洋楼豪放隐柔情。

俄国商客满街走，华夏习俗诸事通。

贸易往来虽得利，瑷珲③警报要长鸣。

二〇〇五年六月　黑龙江绥芬河

注：①绥芬河有内外装饰很漂亮的大白楼、人头楼等古建筑。

②五十街道指绥芬河市区有纵横街道50条。

③瑷珲指清政府与俄国签订的《瑷珲条约》。

国门叹

绥芬河畔翠山间，边塞小城千百年。

喜看今朝建设美，悲思历史被摧残。

寻常凡受外敌辱，总是先遭内战寒。

欲护国门悬利剑，龙孙更要少争端。

二〇〇五年六月十八日　黑龙江绥芬河国门

国界感言

静望条旗飘远空，油然心痛目圆睁。

本为黑发黄皮肤，已变白皮毛发棕。

强侵夺地沙俄意，屈辱签约怨大清。

当年若是龙体壮，旗帜今应五星红。

二〇〇五年六月　黑龙江绥芬河中俄边界

牡丹江风光

弯水曲滩曰牡丹，火山容貌遍江边。
森林地下展奇景，吊水楼前挂碧帘。
故事传神威虎岭，游船览胜镜泊湾。
龙泉府里寻遗迹，林海雪原别有天。

二〇〇五年六月　黑龙江牡丹江

注：地下森林、吊水楼瀑布、威虎山、镜泊湖和龙泉府遗址等都是牡丹江地区的景观。

火山口地下森林

十山狂傲吐岩流，流尽岩浆成巨沟。
鸟兽携来松树子，育出万树供君游。

二〇〇五年六月　黑龙江牡丹江

镜泊湖

夏水春花五色秋，长湖百里任君游。
相间峰岛山庄美，落满银花①景更优。

二〇〇五年六月　黑龙江牡丹江

注：①银花喻指雪花。

镜泊湖码头

碧水蓝天金色滩①，白帆玉艇满湖湾。
绿林深处几红瓦，阵阵长笛荡翠峦。

二〇〇五年六月　黑龙江牡丹江

注：①金色滩即沙滩。

镜泊湖观毛公山有感

毛公长睡镜湖边，继者不知到榻前。

欲诉敢违多少事，相谈又怕吵翻天。

奈何华艇寻佳境，可叹巨龟拦险湾。

威武鹰蛇又左右，急忙离去永未还。

二〇〇五年六月二十六日　黑龙江牡丹江

注：毛公山不远处是"金龟探海""蛇山""鹰山"三景。

吊水楼瀑布

花匪熔岩截牡丹，牡丹肠断泪如帘。

如今虽已哭声尽，断壁残床告世间。

二〇〇五年六月　黑龙江牡丹江

注：五千年前火山爆发，五颜六色的熔岩把牡丹江拦腰截断，形成吊水楼瀑布。如今水量减少，火山岩河床裸露，大瀑布气势消失。

八、上海

上　海

屈辱百年侍列强，明珠今日展荣光。
金融商贸联国际，经济文明名远扬。

二〇一〇年十月　上海

注：在一个多世纪内，上海曾为外国侵略者的乐园，也曾有东方明珠之称。

上海世博会印象

风格各异展容姿，多彩文明创意奇。
低碳主题前景美，难得一逛万国集。

二〇一〇年十月　上海浦东

另有所获
——参观沙特国家馆有感

锅形外表内藏奇，探秘排排六小时。
辛劳所获非一二，静待之心算第一。

二〇一〇年十月　上海世博会

中国馆

有棱有角满楼方，四柱高撑红酒觞。

智慧民族历史远，文明华夏美名扬。

取之有道保环境，返本还源利健康。

低碳生活非梦想，中国馆内看端详。

二〇一〇年十月　上海世博会

国宝新貌

择端昔日绘《清明》①，千载盛名国宝精。

人物如今都已动，世博一展更添情。

二〇一〇年十月　上海世博会

注：①《清明》指宋朝张择端所绘《清明上河图》。

老　街

老街好似雕楼展，风土人情胜外滩。

特产名吃到处是，古玩珠宝特别全。

香烟缭绕城隍庙，游客流连古豫园。

更有驰名老字号，长龙百米在门前。①

二〇一〇年十月　上海

注：①最后一句指老字号"南翔馒头店"门前，购买小笼包的人排着近百米的长队。

豫　园①

上海名园唤作豫，距今已近五百秋。

虚实互映三十景，疏密相间十二楼。

碧水曲桥鱼摆尾，崇山峻岭龙探头②。

石峰③赢得江南最，美景奇观举目收。

二〇一〇年十月　上海

注：①豫园始建于明嘉靖三十八年（1559），是上海名园。

②龙探头指穿云龙墙，墙端塑有龙头，墙体为龙身，以瓦为鳞。

③石峰指太湖石立峰，高 2.3 米，酷似细腰美女，俗称美人腰。

上海城隍庙

明朝知县守约张①，供奉裕伯②建庙堂。

殿宇恢宏整九座，三分却二不城隍。

二〇一〇年十月　上海

注：①守约张指明永乐年间上海知县张守约。

②裕伯是明代时的上海县城隍。

外　滩

黄浦回湾拱外滩，列强曾占建花园。

万国建筑风格美，无数情人话语甜。

远眺浦东多锦绣，漫游江岸特休闲。

滨江大道更开阔，今古奇观黄浦边。

二〇一〇年十月　上海

注：外滩有诸多的洋建筑，江边外护栏曾是人们谈情说爱最多的地方，故称"情人墙"。

陈毅市长

强盗入侵加内战，百年上海暗无天。

废墟重建谈何易，老总罢兵首任官。

二〇一〇年十月　上海外滩

注：中华人民共和国成立后，陈毅元帅是上海第一任市长。

浦　东

东浦高楼立，明珠①景更奇。

云集三产业，金贸拓新区。

二〇一〇年十月　上海

注：①上海电视塔被称为上海明珠。

南京路

十里长街十里商，美食购物是天堂。

多姿建筑辉煌夜，华夏第一名远扬。

二〇一〇年十月　上海

九、江苏

民国总统府[1]

低矮门楼隐大院，内含故事俱非凡。
明朝王府改织造，梦境红楼变大观。
龙凤宫阙曾氏毁，民国总统改今颜。
只因此处多国事，频受游人即兴谈。

二〇一四年九月二十一日　江苏南京

注：[1]此地明朝是王府，清朝部分改为两江总督府和江南织造，据说
《红楼梦》中的贾府大观园就是以当年这一带的景观为依据描写的。龙凤宫阙
指龙凤殿，是太平天国的天王殿，被曾国藩抢掠一空后焚毁。民国时期改为
总统府。

南京夫子庙[1]

南京有庙称夫子，实是繁华游览区。
孔庙秦淮和贡院，外加购物赏俗娱。

二〇一四年九月二十四日　江苏南京

注：[1]南京夫子庙是景区的总称，包括孔庙、贡院、秦淮河、乌衣巷、
王谢展馆、李香君故居以及东西市、美食街等。

南京孔庙

东晋学宫北宋庙，布局基本天下同。
规模远比山东①小，很少有人游庙中。

二〇一四年九月二十四日　江苏南京夫子庙

注：①山东指山东曲阜孔庙。

江南贡院

考试号房超两万，高楼"明远"四方监。
选贤贡院国之最，科举详情展示全。

二〇一四年九月二十四日　江苏南京夫子庙

注：在贡院中间有一座四方形的三层楼阁，叫明远楼，是院中最高的建筑，四面皆窗，站在楼上，所有考试号台一览无余，是科考官员监视号台和发号施令的地方。

龙门槛

门槛独横庭院间，高昂龙首各一端。
八方举子争相跨，跨过龙门考状元。

二〇一四年九月二十四日　江苏南京夫子庙江南贡院

西江月·秦淮河

十里秦淮过去，歌楼酒肆争奇。学宫贡院两相依，商女骚人遍地。　今日秦淮河上，依然纸醉金迷。游船往复燕莺啼，只是伎人无迹。

二〇一四年九月二十四日　江苏南京夫子庙

注：旧时秦淮河北岸是贡院，往来天下才子；南岸是青楼，会聚红粉佳人。因此这里有很多才子佳人香艳凄美的故事。

参观李香君① 故居有感

香君献艺在秦淮，水阁琴房今又开。
千古芳香今犹在，爱国商女美情怀。

二〇一四年九月二十四日　江苏南京夫子庙

注：①李香君是明末清初秦淮河八绝歌妓之一，也是孔尚任《桃花扇》中描写的具有正直、爱国等高尚品格的人物。

中山陵

穿坊步道进陵门，正气浩然一路存。
方正亭中碑矗立，庄严碑上未铭文。
仰观石磴层层美，俯览平台步步深。
宏伟祭堂镶翠顶，堂屏墓睡爱民人。

二〇一四年九月二十五日　江苏南京

博爱牌坊前感

矗立陵前博爱坊，名言传世永弘扬。
三民主义为纲领，天下为公国自强。

二〇一四年九月二十五日　江苏南京中山陵

注：牌坊上的"博爱"两字是孙中山手书。

长江大桥

腾空江面两长龙[①]，头尾离分身体重。
入夜粼光白若昼，十足跨越九条虹。

二〇一四年九月二十六日　江苏南京

注：①两长龙喻指公路桥和铁路桥。

南　京

钟山自古多风雨，喜看今朝得太平。
大厦如林天作柱，梧桐遮地路当篷。
古都旧貌有遗迹，建邺新颜展世风。
更有中山长睡处，壮观肃穆靠山陵。

二〇一四年九月二十七日　江苏南京

注：钟山和建邺都代指南京，是中国七大古都之一，孙中山陵墓也建在南京。

镇　江

三山环绕小城古，山峙江边镇巨澜[①]。
塔洞[②]相争游客誉，传说远胜史书谈。
白蛇水漫金山寺，刘备招亲北固山。
古渡西津今亦美，新潮澎湃别有天。

二〇一四年九月二十二日　江苏镇江

注：①镇江处在长江与大运河交汇处，三面环山，一面临水，威镇江边。
　　②"塔洞"指金山塔与法海洞。

金山寺①

欲上金山先进寺，江天一览到山巅。

白蛇要把许仙找，法海②蒙冤难对言。

二〇一四年九月二十二日　江苏镇江

注：①金山寺庙始建于东晋，唐代时扩建，因在修葺房舍刨地时偶得很多黄金，便用此黄金作修建寺庙费用，故取名金山，始称金山寺。从山脚下到山顶，寺与山浑然一体，只见寺不见山，形成了寺包山的壮丽景观。

②法海是金山寺的开山祖师、唐朝宰相裴休之子裴头陀，法号法海。山上有法海洞，据记载此洞原为一条白蟒所居，被裴头陀赶跑，变成了他初到金山时居住和修炼的地方。除此之外法海与民间故事《白蛇传》没有任何关系，但却成了民间妇幼皆知破坏忠贞爱情的坏和尚。

江天禅寺

山巅一览江天美，奇宝传说增韵辉。

周鼎明狮诸葛鼓，山图玉带帝王碑。

抗金战鼓靠红玉，解梦活佛劝岳飞。

古建传闻难道尽，游人览胜忘回归。

二〇一四年九月二十二日　江苏镇江金山寺

注：金山寺除有恢宏的殿宇楼台、高耸的慈寿塔和众多的奇石怪洞外，还有周鼎、诸葛鼓、玉带和金山图镇山四宝，另有明代石狮、清代康熙御碑、苏东坡高歌《水调歌头》、梁红玉击鼓战金兵和道月方丈为岳飞解梦处等古迹，还有很多雕刻与传说的神秘故事。

法　海①

唐丞之子建佛寺，刨地得金有点神。

法海强居白蟒洞，白蛇变作白素贞。

传说史志相合吻，推理实情难划分。

纵有千言来辩解，头陀别想再翻身。

二〇一四年九月二十二日　江苏镇江金山寺法海洞

注：①法海是唐朝宰相之子。他出家到金山，刨地得金，后建金山寺。据记载他修行的山洞原是白蟒所居，被他赶走。另有一白蛇洞，据说其下与西湖相通。《白蛇传》故事中的一些片段，写的就是这里的人和事。其实法海与故事毫无关系。

江天一览

赏罢御碑抬望眼，茫茫难辨水和天。

低头再看金山下，楼阁船桥水树间。

二〇一四年九月二十二日　江苏镇江金山寺

注：江天一览石碑在山顶，是康熙御笔，建有御碑亭。

西津渡

云台山下江河汇，古渡曾多四面船。

街市繁华无昼夜，如今犹可见一斑。

二〇一四年九月二十二日　江苏镇江

注：云台山是镇江的一座风景山，古时山下有多条江河交汇，西津渡是古渡口，始建于隋朝，与扬州瓜洲古渡合为长江南北相对的两大码头。

老码头街

昭关石塔①伴云台②，绿树红花街外栽。

面水戏台山脚立，红灯小巷两边排。

二〇一四年九月二十二日　江苏镇江西津渡

注：①昭关石塔建于元代，是我国唯一保存完好、年代最久的过街石塔。

②云台即云台山。

扬　州①

唐时鼎富冠天下，盛况如今早已无。

何故游人犹未减？只因有个瘦西湖。

二〇一四年九月二十三日　江苏扬州

注：①扬州古称广陵、江都、维扬，鼎盛时期曾是东亚最繁华富裕的城市，堪比今日的上海。

瘦西湖①

一河多道往复流，桥榭亭台伴叶舟。

穿过徐园绕塔院，游离钓岛望春楼。

莲花桥上五亭美，碧水岸边四季优。

借得杭州西子誉，巧凭瘦字竞风流。

二〇一四年九月二十三日　江苏扬州

注：①瘦西湖是扬州独有、世界唯一。有徐园、塔院、钓鱼台、熙春楼、二十四桥、五亭桥、小金山等很多景观，留有很多帝王将相、迁客骚人的痕迹，并有很多动人的故事。1987年版《红楼梦》曾在此多处取景。

钓鱼台①

柳岸入湖建角亭，圆门三面荡琴声。
迎来圣驾龙颜悦，却把钓竿向湖中。

二〇一四年九月二十三日　江苏扬州瘦西湖

注：①钓鱼台三面邻水，一面是百步柳堤。是为清乾隆游湖助兴奏乐而建，故叫吹台。而有一次乾隆却在此登岸入亭钓起鱼来，所以又称其为钓鱼台。这里是对五亭桥和白塔取景极佳处。

莲花桥①

出水芙蓉展五亭，桥墩十五孔相通。
泛舟桥下半圆洞，好似巡游城堡中。

二〇一四年九月二十三日　江苏扬州瘦西湖

注：①莲花桥亦称五亭桥，远看桥面上的五亭就像一朵盛开的莲花。

别有情

水静船停秋色浓，空心枯树却繁荣。
满头艳丽黄花叶①，老妇观之别有情。

二〇一四年九月二十三日　江苏扬州瘦西湖

注：①树冠长满了成束的绿叶，有的已变黄，很像黄花。

彼岸花

彼岸绿丛几片霞，镜头拉近却红花。
高直绿秆无枝叶，单顶丝菊地上插。

二〇一四年九月二十三日　江苏扬州瘦西湖

二十四桥

数字堆出白玉桥，三分月夜入歌谣。

梦中闻得箫声隐，红药桥边玉人教。

二〇一四年九月二十三日　江苏扬州瘦西湖

注：关于二十四桥到底是有 24 座桥还是只有 1 座桥之说，还有很多其他说法，几位诗人也有各自观点，已是千古之谜，至今无解。现在人们索性在湖中凭理想造了一座白玉"奇"桥，桥长 24 米，宽 2.4 米，上下共 24 级台阶，两侧共有 24 根雕栏望柱，暗示二十四之意。诗中所提之意均来自唐杜牧和宋姜白石等诗人的诗意。

熙春台

叠山阔水玉桥边，富丽高台飞蹲檐。

绿瓦朱梁极致处，曾经祝寿待百官。

二〇一四年九月二十三日　江苏扬州瘦西湖

注：熙春台是当年为乾隆祝寿的地方。建筑气势恢宏，富丽堂皇，内有《玉女吹箫图》壁画，楼前有汉白玉诗碑，上刻毛泽东手书的唐代杜牧《寄扬州韩绰判官》诗。

十、浙江

第一游

人间美景最杭州，山色湖光处处优。

久慕天堂锦绣地，退休今日第一游。

二〇〇一年八月一日　浙江杭州

如梦令·曲院风荷

曲院风荷无迹，此处康熙开辟。桥榭沁荷香，无处不含诗意。惜矣！惜矣！御笔景题难觅。

二〇〇一年八月一日　浙江杭州西湖

注：宋时有"曲院风荷"实景，多引画家诗人来此相聚。宋亡后，该景消失，清康熙三十八年（1699）在今址开辟"曲院风荷"，康熙曾御笔题名。现门牌系茅盾笔迹。

嗅　荷

偎依阔叶下，轻揽艳芙蓉。

一嗅沁心脾，神迷幻境中。

二〇〇一年八月六日　浙江杭州曲院风荷

人面荷花

久慕盛名曲院行，进门就遇艳芙蓉。

笑邀俏客飞裙舞，人面荷花相映红。

二○○一年八月　浙江杭州曲院风荷

　　注：曲院风荷大门内，布有一大片盆栽荷花，一人多高，中间留有间隙，可供游人在丛中荷下照相。

荷塘小憩

湖中荷叶荡不停，湛碧楼前几点红。

微倚芭蕉香气绕，徐娘半老亦芙蓉。

二○○一年八月　浙江杭州曲院风荷

　　注：湖边湛碧楼旁的花坛中栽种着大叶芭蕉，向湖一面有较宽的石台，供游人坐赏荷花。八月荷花已少，湛碧楼前仍有几朵绽放。

桥曲荷香

玉桥曲九曲，曲曲睡莲依。

香气哪飘来？兰荷原是你。

二○○一年八月　浙江杭州曲院风荷

戏　鸭

林荫深处半塘花，岸上一群睡懒鸭。

快步向前挥手撵，连飞带叫水中扎。

二○○一年八月　浙江杭州西湖度假区

风月无边

振鹭亭栏微依身，湖山极目满诗魂。
乾隆盛赞呼虫二[①]，风月无边难作吟。

二〇〇一年八月　浙江杭州西湖湖心岛

注：①风的繁体字中间有个"虫"字，风和月无边即为"虫二"。

湖边树下小憩

柳梢点水送秋波，娇艳芙蓉摆翠罗[①]。
亭榭频传歌韵美，佳人树下暗相合。

二〇〇一年八月　浙江杭州西湖

注：①罗指罗裙，这里喻指水面荡漾的荷叶。

西子湖畔

玉桥九曲向湖亭，遥望栖霞卧帐中[①]。
绿浪[②]托出红数点，桂花树下坐娇容。

二〇〇一年八月　浙江杭州西湖

注：①遥望栖霞卧帐中意为轻雾笼罩着栖霞岭，远看像罩在帐中一样。
②绿浪指湖面荡漾的大面积荷叶，八月荷花开得已很少。

三潭印月[①]

倒扣香炉湖面宁，三足分立水潭中。
晴空明月三十二，月老树[②]边情意浓。

二〇〇一年八月　浙江杭州西湖

注：①三潭印月景观系湖中三石塔等分而立，最早雏形为苏东坡所建，明朝天启元年（1621）仿北宋重建于今址。皓月当空时，每个石塔中心点起灯烛，石塔外围的五孔均糊薄纸，远观如月，映入湖面则为三十个月亮，加上天空明月及映入湖面之影，便出现三十二个月亮之奇观。另有神话传说，鲁班用香炉扣住了鱼精，香炉三足露出水面即是三塔。

②月老树是三潭湖畔生长的一棵弓月形树。有情人多于树下背衬此树和三潭留影。

御碑前观湖

御碑①静静立湖滨，风动鳞波满目金②。
遥望古潭三塔立，待看皓月巧分身。

二〇〇一年八月　浙江杭州西湖小瀛洲

注：①御碑指清康熙题"三潭印月"碑。
②下午坐在御碑亭中观三潭印月湖面，湖面呈金黄色，波光粼粼。

小塘风光

翠柳长垂正戏花，莺歌淹没几声蛙。
群鸭往复觅荷下，遥望桥头人两家。

二〇〇一年八月　浙江杭州西湖度假区

观　湖

风吹荷浪万千层，荡起榭舟欲远行。
遥望浦桥高洞下，仿佛船上一渔翁。

二〇〇一年八月　浙江杭州西湖湛碧楼前

西湖雨色

雨落平湖船少行，斑斑水面映麻亭。
风光隐隐遥相恋，客倚船栏待雨晴。

二〇〇一年八月　浙江杭州西湖

注：雨点落在湖面，使水面连同映在水面的亭子都变成麻麻点点的了。

独守金钱总是穷
——参观江南名石苑有感

满目奇石雅气生，百花争艳荡温情。
揖石拜卉多康健，独守金钱总是穷。

二〇〇一年八月　浙江杭州江南名石苑

注：我认为资金不流动就没有意义，若不利用，和没有钱差不多。

岳　飞
——游览岳王庙有感

令其守界疆，执意收失地。
总想救钦宗，甚违赵构意。

二〇〇一年八月　浙江杭州岳王庙

注：若救回钦宗，赵构就得让位，做不成皇帝了。

奸塑忠
——参观岳王庙感而作之

百家石上咏，千古赞英雄。
歌盛因何故？奸多才颂忠。

二〇〇一年八月二日　浙江杭州岳王庙

南宋与岳飞

金兵截走宋钦宗，赵构临安建宋城。

不杀岳飞原帝返，那时还得拜开封①。

二〇〇一年八月　浙江杭州岳王庙

注：①开封是宋朝皇帝钦宗的都城。

孤　山

览尽西湖极秀处，玲珑雕作一山图。

柔情西子陪前后，独峙湖中没点孤。

二〇〇一年八月　浙江杭州西湖孤山

注：孤山景园内涵括了西湖主要景观，乾隆所题孤山的孤字少一点。

苏　堤

六桥花柳卧湖中，远看浮游一巨龙。

昔日东坡巧筑起，今朝题字是沙公①。

二〇〇一年八月　浙江杭州西湖苏堤

注：①沙公是蒋介石的秘书沙孟海，书法家。

夏日苏堤

柳动飘丝雨，花开满路边。

枝横小径曲，客至古亭繁。

笑语惊丛雀，游鱼扰钓竿。

湖东多广厦，近岸几游船。

二〇〇一年八月　浙江杭州西湖苏堤

品鲜悦目

——西湖楼外楼饭庄记

龙井虾仁鞭蒙笋，鲜汤莼菜醋鱼奇。

吴山酥饼东坡肉，宋嫂鱼羹叫花鸡。

美味佳肴使我醉，柔情西子让君迷。

品鲜悦目何方好，楼外楼中最适宜。

二〇〇一年八月　浙江杭州西湖楼外楼饭庄

注：前四句涵括了杭州八种名吃的名称。

平湖秋月① 析

秋夜令云清，云清使月明。

月明观水阔，水阔显湖平。

二〇〇一年八月　浙江杭州西湖白堤

注：①平湖秋月是西湖著名十景之一，是孤山前白堤西端的终点。

断　桥①

夏日虽无断雪桥，荷花满目更妖娆。

许仙未把汤圆掉②，水榭长堤怎又摇?③

二〇〇一年八月　浙江杭州西湖白堤

注：①冬季曾有"断桥残雪"景观，是康熙命名的十景之一。
②神话传说中许仙半岁时，在桥上有幸得到吕洞宾的小汤圆，但未能吞下便掉入水中。修炼八百年的大蟾蜍法海，与修炼五百年的小白蛇争抢，小白蛇巧得，增加了五百年道行成仙。吕祖告诉她尘缘未了，应到人间报答许仙，这才有了白蛇传的故事。

③最后两句的意思是，湖中大片荷花随风摇荡，感觉好像围在其中的水榭长堤在摇动，难道白蛇与法海又在水下大战不成？许仙也未掉汤圆呀！

花港观鱼

花家山下院庭深，幽雅港湾来客频。

鸽浴鱼游相戏扰，花漂水转不离分。

人投诱饵鱼翻浪，雀唱枝头游客寻。

花港观鱼不愿返，奈何红日已西沉。

二〇〇一年八月　浙江杭州西湖

吴山天风

汇观亭上赏城垣，庙供城隍别有天。

古木篷天风送爽，乘凉赏景最吴山。

二〇〇一年八月　浙江杭州吴山

汇观杭州

汇观亭上倚雕栏，满目高楼绿裙衫①。

更有蓝绫②束锦绣，宝石镶嵌市山间③。

二〇〇一年八月　浙江杭州吴山

注：①绿裙衫意为杭州绿树成荫，高楼耸立在万绿丛中，多有花藤攀绕，好像穿着绿色裙衫。

②蓝绫意为钱塘江横贯杭州城，好似蓝色的绫带。

③宝石句意为西湖好像一块蓝宝石，镶嵌在栖霞岭与市区之间。

宋　城

古楼门外九龙腾，商贾酒旗招客停。

杂艺百工高技展，绣球时落路人中。

二〇〇一年八月　浙江杭州宋城

注：游客可参与王员外家小姐抛绣球招婿表演等活动。

仙山琼阁

险峻仙山美景多，登临极顶览城郭。

山边错落清明坊，昔日择端①绘《上河》。

二〇〇一年八月　浙江杭州宋城

注：①择端指宋朝张择端，是《清明上河图》的作者。

丝绸展

新石器有残绢片，名缎妆花一大观。

华夏丝绸誉世界，赏新觅古此独全。

二〇〇一年八月　浙江杭州中国丝绸城

飞来峰一瞥

飞来峰内洞连洞，峰外崎岖石纵横。

崛起巨石成峭壁，满山桂树伴青藤。

二〇〇一年八月　浙江杭州飞来峰

飞来峰①

群峰深处有神灵，九里松托印度峰。
桂树下藏八九洞，石窟内住几十僧。
三生石②阻情难阻，一线天通路不通。
意恐风来峰复去，济公打狗哪方烹？

二〇〇一年八月　浙江杭州灵隐

注：①飞来峰像由很多巨石胡乱堆砌的一样，传说由印度飞来，故又称
印度峰。飞来峰有72洞，洞内有几十尊石僧像，有济公扔狗骨处和
一线天等景观，并有很多相关的神话故事。
②飞来峰附近还有九里松、三生石等景观。

大肚弥勒

大肚弥勒千载多，笑迎风雨坐山坡。
包容多少凡间事，明辨是非但不说。

二〇〇一年八月　浙江杭州灵隐

相思树

灵隐山灵树亦奇，盘根错节总相依。
青株尚有情和义，难怪夫妻永不离。

二〇〇一年八月　浙江杭州灵隐

大雄宝殿

始建后周经塔美，大雄宝殿奉佛多。

西天老祖指明路，南海观音化坎坷。

十二菩萨传法典，二十罗汉护经说。

善财童子拜诸岛，不畏艰难终变佛。

二〇〇一年八月　浙江杭州灵隐寺

注：大雄宝殿前有两座后周时建造的仿木藏经石塔，非常漂亮。大雄宝殿内有好多图像和塑像，都表述着不同的神秘故事。

六和① 塔

镇潮立塔导船行，亦保境边无战争。

吴越国王巧借字，六和佛语命其名。

二〇〇一年八月　浙江杭州月轮岗

注：①六和含义为戒和同修、身和同往、意和同悦、利和同均、见和同解、口和无争。

塔上观

二十丈峙月轮岗，登至七层倚塔窗。

放眼大江回浪处，可观潮汛闹钱塘。

二〇〇一年八月　浙江杭州六和塔

中华第一桥

茅公^①挥臂锁江腰，自力中华第一桥。
年越七十仍健在，车轮往复未停消。

　　　　　　　　　二○○一年八月　浙江杭州钱塘江大桥

注：①茅公即茅以升，是钱塘江大桥的设计和监督建造者。

杭州新貌

繁荣兴百业，玉宇复琼楼。
树隐钱塘路，蓝天罩绿洲。

　　　　　　　　　　　　二○○一年八月　浙江杭州

杭州印象

镶花大道西湖绕，绿树围托奇异楼。
东市^①容颜常改变，西湖歌舞总难休。
山清水秀难涂画，殿雅景优任客游。
莫道天堂风景好，人间仙境是杭州。

　　　　　　　　　　　　二○○一年八月　浙江杭州

注：①东市指杭州市中心。

十一、福建

欣邀二老到闽南

何物都无母乳甜，苦心酬志几多年。

刚刚拼得小天地，便邀二老到闽南。

二〇〇一年八月　福建厦门

与母共荣

青松放韵伴梅①香，古校飞出金凤凰。

今日和风刚送爽，邀来慈母共荣光。

二〇〇一年八月　福建厦门大学

注：①三角梅是厦门市花。

厦门大学

棕榈列长队，满园铺绿毡。

群才①陪秀水②，广厦伴英贤。

学子勤酬志，檄文常挽澜。

四海惊投目，南强③高速船。

二〇〇一年八月　福建厦门

注：①群才指群才楼。

②秀水即芙蓉湖。

③厦门大学有南强之称。

苦　读

始到上玄①着武装，匍匐洒汗挂泥浆。
苦读七载结丰果，疼惜至极儿老娘。

二○○一年八月　福建厦门大学上玄体育场

注：①上玄为体育场名。

赞厦大

芙蓉湖畔雅而幽，环布群才酬志楼。
绿地繁花红似火，伴随学子谱春秋。

二○○一年八月　福建厦门

国际会展中心

会展中心若巨轮，五洲宾客喜盈门。
贸商兴旺财源广，论地谈天绘乾坤。

二○○一年八月　福建厦门

小街棕榈

棕榈整齐排道旁，正如绣画侧如墙。
纵观亮丽渐伸线，隐隐似出古庙堂。

二○○一年八月　福建厦门

母女照像

儿偎娘怀多快活，为拍小照紧张罗。
蓬头垢面娘不肯，笑躲嬉藏难捕捉。

二〇〇一年八月　福建厦门环岛路

南普陀寺

东海波连五老山，丛林深处鼓钟传。
曲池双塔寺前美，宝殿重重隐谷间。

二〇〇一年八月　福建厦门

鹭岛名山

清浩①泗洲佛教传，比丘②香火几千年。
慧日③普照惊施琅，鹭岛名山建闽南。

二〇〇一年八月　福建厦门南普陀寺

注：①清浩为五代的僧人，厦门第一座寺院是清浩所建，当时称泗洲院，
后称普照寺，即今南普陀寺。
②比丘指佛教中出家男子被称为比丘，或比丘僧，俗称"和尚"。
③慧日是昔日普照寺住持。

放生池

放生池内水澄清，蒲草尖头落几蜓。
荫处鱼儿游复返，憨龟日下卧浮萍。

二〇〇一年八月　福建厦门南普陀寺

芙蓉颂

——为我夫人作

寿塔曲池棕榈树，树旁近水一芙蓉。
芙蓉清雅人称颂，称颂出泥身却清①。

二○○一年八月　福建厦门南普陀寺

注：①出泥喻指出身贫苦，身却清意为高雅。

捣练子令·乘凉

峰五老，古丛林，万寿塔前大树荫。佛手椅中闲坐女，不知何处乘凉人。

二○○一年八月　福建厦门南普陀寺

弥勒殿

四大金刚两侧分，韦驮护法守神门。
弥勒含笑正施法，跪拜众生求度身。

二○○一年八月　福建厦门南普陀寺

大悲殿

菩提围簇罩烟霞，檐脊镂雕龙与花。
蹿角若飞分四六，观音圣手四十八。

二○○一年八月　福建厦门南普陀寺

慈悲殿

观音救世大慈悲，过盛敬香成火堆。

殿宇遭焚太可惜，重修今日更辉煌。

　　　　　　二○○一年八月　福建厦门南普陀寺

圆　通

双狮望日自兴叹，万物归圆难阻拦。

人贵圆通①多顺利，宽人律己易通圆。

　　　　　　二○○一年八月　福建厦门南普陀寺

注：①圆通是南普陀寺内山壁上的石雕名，为佛教用语。

钟鼓楼

五老峰连钟鼓丘，晨钟暮鼓两雕楼。

如来笑望敲钟鼓，契此耳听钟鼓悠。

　　　　　　二○○一年八月　福建厦门南普陀寺

注：钟、鼓楼建在大雄宝殿和天王殿之间，分别在两侧的钟山和鼓山山脚下相对而立。大雄宝殿是主殿，供奉如来，天王殿供奉的是大肚弥勒（即契此）。

远眺鼓浪屿

海蓝屿翠嵌红楼，排浪驱涛若巨舟。

耸立前沿一塑像①，仿佛舵手放歌喉。

　　　　　　　　二○○一年八月　福建厦门

注：①塑像为郑成功像。

鼓浪屿①

浪击礁屿鼓声高，风抚门楼琴韵遥。
别墅披花点绿地，道桥环岛跨红礁。
菽庄园里万般美，港仔滩②头百态飘。
海作篱笆揽世界，晃岩高耸入云霄。

二〇〇一年八月　福建厦门

注：①鼓浪屿有世界建筑博览之誉，而且每座洋别墅都有一个门楼，现
犹存约二百座，风格没有重复。鼓浪屿有"琴岛"之誉，有一半多
家庭备有钢琴、提琴等乐器。
②港仔滩在厦大门外，是海水浴场，另有菽庄花园和晃岩等景观。

日光岩上眺望

洁石耸峙翠山岗，极顶茫茫天作疆。
倚柱扶栏左右摆，提心吊胆望八方。
海漂礁屿数不尽，树隐洋楼难看详。
纷至沓来鼓浪屿，晃岩极顶赏风光。

二〇〇一年八月　福建厦门鼓浪屿

日光岩寺院

朱檐碧瓦古林深，如玉晃岩插入云。
一大顽石屏寺外，人间有路不佛门。

二〇〇一年八月　福建厦门鼓浪屿

晃岩俯览

水隔两岸大不同，屿上小楼点翠坪。

对岸如林高厦立，繁华却隐雾烟中。

二〇〇一年八月　福建厦门鼓浪屿

山　间

参天古木向一方，深谷桥悬凸脊梁。

几处石间慢淌水，婆娑影处溢清香。

二〇〇一年八月　福建厦门鼓浪屿

避暑洞

巨石斜卧半山中，石下宛如一洞溶。

巡海清风拂面过，似乎盛夏变初冬。

二〇〇一年八月　福建厦门鼓浪屿

诉衷情·爱如初
——在两只鹦鹉前的思考

风风雨雨战征途，左右总相扶。如今雨过风住，携手笑珍珠[1]。　　虽已老，绘新图，爱如初。两只鹦鹉，知我心情，正在欢呼！

二〇〇一年八月　福建厦门鼓浪屿

注：①珍珠喻指珍珠婚。

菽庄花园①

板桥别墅仿怡红，补海雕山建阁亭。
十二洞天镶峭壁，顽石山室立云空。
常逢水面舟和榭，频见山间鹿与莺。
四十四桥为纪念，菽庄两岸表亲情。

二〇〇一年八月　福建厦门鼓浪屿

注：①菽庄花园是台湾人林尔嘉仿台北"板桥别墅"，并参考《红楼梦》中的怡红院意境而建的。十二洞天、顽石山室、四十四桥均为菽庄花园景点，其中四十四桥的意思是林尔嘉在44岁时建的这座景观桥。

龟背竹

三尺龟竹九尺藤，白花数朵簇团生。
马蹄形状大如掌，从未见闻今日逢。

二〇〇一年八月　福建厦门鼓浪屿林氏菽庄花园

集美学村赞

精心集美海江边，爱海图书①多内涵。
合璧中西独一帜，嘉庚力著爱国篇。

二〇〇一年八月　福建厦门集美

注：①爱海图书是对集美学村的美称。陈嘉庚爱国爱乡，从海外回乡建起中西合璧的集美学村，俯瞰鳌园就像繁体"图"字，学村内书声琅琅。

嘉庚公园

鳌头填海绘图形①，精典石雕抒尽情。
合璧中西景色美，爱国旗帜荡东溟。

二〇〇一年八月　福建厦门集美

注：①绘图形的意思是从高空俯瞰鳌园，很像"图"字的繁体。

陈嘉庚墓

赤子情留雕壁间，龟石①上下两重天。
生前自定无头脚，辞世仍书忠爱篇。

二〇〇一年八月　福建厦门集美鳌园

注：①龟石是指陈嘉庚墓，是他生前自己设计的，墓冢为龟背形。

远眺嘉庚墓

拜亭若阁角飞扬，照壁犹如船巨舱。
御赐丰碑桅耸起，乘风破浪待出航。

二〇〇一年八月　福建厦门集美鳌园

注：纪念碑正面为毛泽东手书《集美解放纪念碑》，背面为陈嘉庚撰写的碑文。

各有千秋

誉作化石凤尾松，无枝挺立有雌雄。

叶如鸟羽针般硬，皮似鱼鳞栗色棕。

棕榈①叶圆似无异，性单进化大不同。

虽没铁树起源早，经济繁荣却有功。

二〇〇一年八月　福建厦门集美鳌园

注：①棕榈树是经济树种。

咏　榕

苏铁①丛中一娇榕，柔枝均布发垂棕。

绿纱罩面多丰满，恰似玉环②浓醉中。

二〇〇一年八月　福建厦门集美嘉庚公园

注：①苏铁即铁树。
②玉环指唐朝的美人杨贵妃。

天后宫①

宋建明修清扩展，天后宫院绕香烟。

渔商出海惊无险，中外古今皆拜参。

二〇〇一年八月　福建泉州

注：①天后宫是供奉妈祖的宫院。

114

开元寺

冠顶名珠寺院深，玉栏外绕刺桐垠。

五方佛殿传神韵，左右塔石镇闽尘。

古树影拂庭上客，紫云屏隐殿前门。

青石柱锁人头兽，佛地街游贤圣人。

二○○一年八月　福建泉州

注：泉州誉为花冠，开元寺是冠顶名珠。开元寺的百柱殿供奉着五方佛，
大殿横梁斗拱雕饰着二十四尊飞天乐伎，各操乐器，体态轻盈、栩栩如生，
大殿前是宽阔的拜庭。另有两座千年石塔，是泉州的标志。

石　塔

五级八角形如木，精美佛雕满塔楼。

瑰宝千年誉世界，双擎石塔是泉州。

二○○一年八月　福建泉州开元寺

拜　庭

百柱殿前铺拜庭，青石坪上跪苍生。

榕荫遮地近千载，弟子入心无数经。

二○○一年八月　福建泉州开元寺

铁　树

祖籍南北任炎凉，今恋江南怕雪霜。

秉性千年不易笑，戎装数丈永春光。

二○○一年八月　福建泉州开元寺

清净寺

始于北宋穆斯林，肃穆庄严尖拱门。
祝圣①亭倾望月②毁，奉天③明善④仅残存。

二○○一年八月　福建泉州

注：①祝圣即祝圣亭，已倾圮，现仅存两块方碑。
②望月指望月台，教徒斋戒月望月处。建在寺门顶上，三面环回字
形垛，已无存。
③奉天指奉天坛，为讲经台。
④明善即明善堂。

观音阁前思

精美庄严阁入云，奉尊菩萨塑金身。
恶人也祈平安愿，好语难安亏理心。
美酒少归嗜酒汉，苦瓜易赏种瓜人。
多行善事广交友，险处必逢观世音。

二○○一年八月　福建泉州

清源山

老君坐视千枝绿，圣母静观万叶红。
石室曾居唐进士，碧霄仍奉藏佛宗。
南台隐现空中阁，虎乳哺出地下龙。
漫步山中皆胜境，蓬莱疑在武夷东。

二○○一年八月　福建泉州

注：老君、圣母、石室、碧霄岩、南台、虎乳泉、地下龙等皆为山上的
景观。儒、佛、道和喇嘛教等都在清源山上和平共处。

老子天下第一

老子名扬像亦宏，飘飘须发面从容。
眺眸安坐凭膝几，道貌岸然盖世穷。

二〇〇一年八月　福建泉州清源山

注：清源山老君岩有一座巨大的老君像，高6米，厚7米，宽8米，是宋代匠人利用天然岩石就地雕成的，栩栩如生，颇有手指能弹物，风过须发飘之感。道貌岸然，和蔼可亲，号称"老子天下第一"。

独木迎春

数丈石边不见林，草藤苔藓略缠身。
缝间独有一株树，叶茂枝繁迎雀春。

二〇〇一年八月　福建泉州清源山

海天山庄

前山后海沁花香，外古内华楼式房。
雀踏青藤扰静界，海天同色罩山庄。

二〇〇一年八月　福建莆田湄洲岛

海边捉蟹

静石静水罩霞天，小蟹频出石缝间。
诱得游人左右撵，伤痕满手未停闲。

二〇〇一年八月　福建莆田湄洲岛

117

朝天阁

步步层层云渐疏，倾投五府拜林姑。

六朝香火缘何盛？总保渔商海难无。

二〇〇一年八月　福建莆田湄洲岛妈祖庙

注：天后宫湄洲祖庙建于宋朝，历经六朝，至今香火犹繁。

妈祖望海

天妃圣驾到人间，华丽宫阙嵌翠峦。

鞭炮声声达上界，香烟缕缕赴蓝天。

步出宫外深凝目，牵挂海中远去船。

面向东南尤挂念，飘来荡去我台湾。

二〇〇一年八月　福建莆田湄洲岛妈祖庙

妈祖雕像

手持如意面慈祥，凤冕龙袍洁玉装。

披挂斗篷离上界，深凝双目望东洋。

风头浪里渔商助，海角天涯百姓帮。

碧海蓝天映倩影，天妃显圣到家乡。

二〇〇一年八月　福建莆田湄洲岛

海滩夕照

一日光辉难见君，即将别去现真身。

银球烤得云腾浪，沧海荡漂一片金。

二〇〇一年八月　福建莆田湄洲岛金海滩

丛林老祖

石柱高撑气势雄，飞檐蹿角架云空。

信徒参拜祖堂下，佛祖静修天阁中。

圣水清清鱼往复，角梅①串串叶间红。

南山广化千年寺，福建丛林老祖宗。

二〇〇一年八月　福建莆田南山广化寺

注：①角梅指三角梅。

大香炉

青铜铸就特玲珑，两丈香炉复九重。

缕缕青烟含寄语，真情假意隐其中。

二〇〇一年八月　福建莆田南山广化寺

护心亭有感

微风轻抚护心亭，静倚栏边忆世情。

万事超脱多向善，助人为乐永康宁。

二〇〇一年八月　福建莆田南山广化寺

文献名邦

仙游胜地育精英，及第状元十几名。

拜相宰丞三四个，忠奸才子数难清。

二〇〇一年八月　福建莆田仙游

凤凰山公园

凤凰慢舞百花随，偶动桂枝惹雀飞。
夫妇夕阳游胜地，遥观银塔映霞晖。

二○○一年八月　福建莆田仙游

注：公园内有很大的凤凰模型，可随风慢舞。

醉太平·南少林

西天尾村，山林入云。峰巅平坦无垠，古为南少林①。
清僧起军，为明复魂。南拳始地遭焚，血埋全寺人。

二○○一年八月　福建莆田南少林遗址

注：①南少林寺是南拳的始创地。

小山村

远山腾绿浪，近岭绕炊烟。
犬吠雀惊起，鸡鸣人入田。

二○○一年八月　福建莆田白鹤村

咏 笋

细皮嫩肉且空腔，谁料竟能破土疆。
莫道心空无壮志，长成到处做文章。

二○○一年八月　福建莆田白鹤村

注：竹子在建筑、工业和海上作业等行业有广泛用途，也是制作夏凉物品和造纸的好原料。

120

咏 竹

匀节体修长，疏枝云状扬。

刚能支阁架，韧可作绳筐。

二〇〇一年八月　福建莆田

呵 护

城里学童乡下犊，山前一见喜相扑。

亲昵偎卧头轻顶，会意下蹲抚角足。

人与自然刚向睦，黄牛老母却来呼。

莫烦事事都呵护，世态炎凉难测估。

二〇〇一年八月　福建莆田

注：在山间，少女与小牛犊相见非常亲昵，小牛犊卧下、少女蹲下，相互抚摸和轻顶。但老黄牛却匆匆赶来舔抚牛犊，一直守在跟前不肯离开。少女的父母也紧守在跟前，怕出现意外，场面感人。

十二、山东

济南新站有感

红毛昔日踞泉城，欧式楼台作站形。

今日改天换旧阁，有人还恋辱国情。

二○○六年四月　山东济南

注：济南火车站原为德国侵占时所建，为欧式建筑。今改建成现代大楼，改建时对是否保留旧建筑有争议。

大观园

商餐百艺一园观，鼎盛繁华近百年。

商贾如今布满市，大观已变井中天。

二○○六年四月　山东济南

趵突泉史话

襄桓①同妇会泉②边，已越两千七百年。

乘鹤桥边好赏景，铜雕③壁上可寻源。

易安泼墨词横溢④，弘历挥毫突不全⑤。

千载盛名今未减，只缘趵突典成篇。

二○○六年四月　山东济南趵突泉公园

注：①襄桓同妇指齐襄公（诸儿）同父异母之妹（文姜）作为鲁桓公之妻，却兄妹有染。

②会泉边指齐襄公与鲁桓公在趵突泉边订立友好之盟。

③铜雕指趵突泉边的《齐鲁二君会泺图》铜雕壁画。

④公园内有易安旧居和李清照纪念堂。

⑤公园大门上的匾额是乾隆御笔，其中突字无点。

趵突泉

势如鼎沸水翻涌，宛若晶莹三朵芍。

池水涌波三殿①动，康乾题字一碑雕②。

传说种种神情美，史迹多多品位高。

统领百泉汇历下，纵歌狂舞动云霄。

二〇〇六年四月　山东济南

注：①三殿指池水中映着历下堂三个大殿的倒影。

②一碑雕指泉边的清代石碑，正面是康熙所题"激湍"二字，背面是乾隆所题《再题趵突泉作》诗刻。

济南"五·三"碑前有感

舜耕山下济水南，记述春秋满地泉。

莲子湖①边传逸事，易安室里有遗篇。

龙人建设千年美，倭鬼狂残五月寒。

安得龙腾风卷起，叫他膏药逝云天。

二〇〇六年四月八日　山东济南

注：①莲子湖指大明湖。

黑虎泉边

雕壁崖边泉水涌，声如虎啸溅平桥。
玉栏挤满低头客，虎口频多汲水筲。
柳上黄鹂声调美，亭中老叟棋艺高。
繁华闹市清幽处，黑虎泉边分外娇。

二〇〇六年四月　山东济南环城公园

注：黑虎泉水从雕壁悬崖下涌出，过平桥，从三个虎口喷出，入护城河。平桥上有很多人提吊着各种容器从虎口取水。

草包包子①

泺口学徒继缜园，寡言勤奋反孬传。
离乡逃难自开店，草包包子誉济南。

二〇〇六年四月　山东济南

注：①草包包子是济南名吃，皮薄馅大、味道独特。店主李安原在泺口继缜园从师张文汉，因勤奋、寡言、老实，师兄弟送外号"草包"。1937年日寇侵略华北，李安逃难到济南，以其外号命名开店。

大明湖

古阁回廊绕大明，香荷稀处映山清①。
奇花异木满园是，唐韵浓浓历下亭②。

二〇〇六年四月　山东济南

注：①映山清是指千佛山映在大明湖上的倒影。
②历下亭位于大明湖中，始建于北魏，清康熙年间移至现址。匾额、诗碑均为清乾隆所题，亭前楹联为清代书法家何绍基书写的杜甫诗句"海内此亭古，济南名士多"。轩内有杜甫和李邕的石刻像。

弥勒塑像

布袋弥勒坐历山，贫寒饥苦乐当先。
笑容天下难容事，暗告苍生切莫贪。

二〇〇六年四月　山东济南千佛山公园

泰　山

舜耕之地[①]一神山，商契部族始岱南[②]。
飞虎受封东岳帝[③]，黄妃争誉碧霞仙[④]。
封禅圣帝几十位，诵岱名人难记全。
络绎不绝山满客，只缘东岳可达天。

二〇〇六年四月　山东泰安

注：①舜耕之地借指山东大地。
②岱南指藤县一带，是商朝部落起始之地，祖为契，十四世为汤。
③黄飞虎是周武王护卫大将，姜子牙封他为泰山神，即东岳大帝。
④黄妃是周武王的妃子，黄飞虎之妹。传说泰山是姜子牙留给自己的归宿地，无奈让给黄氏兄妹，黄妃受封为碧霞元君，俗称泰山奶奶。

岱宗坊

四柱三门白玉坊，盘龙雕兽架云梁。
黄妃抛落绣鞋处，约定泰山此作疆。

二〇〇六年四月　山东泰山

注：传说周武王的黄妃受封泰山碧霞元君后，与其兄（山下的东岳大帝）争地盘，经姜子牙调解以其在山顶抛绣鞋的落点为泰山界，界内是黄妃的泰山，界外归东岳大帝黄飞虎管辖，岱宗坊处就是绣鞋落点，建坊为界。

一天门

天下奇观在泰巅①，一天门②处始登盘。

攀登莫道多艰险，誓到高崖抚上天。

二〇〇六年四月　山东泰山

注：①泰巅即玉皇顶，海拔 1549 米。

②一天门至玉皇顶共有盘山石阶约 6263 级，水平距离约 10 公里。

中天门

黄岘归天①慢燃燎，龙凤②穿云隐九霄。

飞斗悬空入岱顶，阶台曲绕挂山腰。

旁观山路东西近，眺望仙门③南北遥。

泉水饱充装束紧，风光无限待登高。

二〇〇六年四月　山东泰山

注：①"黄岘归天"是晚霞照在黄岘岭上的景观，为泰山中天门一景。

②龙凤指泰山主峰两侧的龙、凤岭。

③仙门指泰山顶上的南天门。

过龙门

气短腰酸举步艰，龙门遥望矗崖边。

背包老妇刚过去，肩货挑山①又近前。

愧色顿生壮脚力，激情荡起涌心田。

挺胸昂首频抬腿，汗洒神怡闯过"关"。

二〇〇六年四月　山东泰山

注：①挑山是向山上挑送货物的人，也称担山。

126

升仙坊

虽过龙门莫自夸，石盘紧慢再十八。
崖端登到升仙处，垂挂天梯①更待爬。

　　　　　　　　　二〇〇六年四月　山东泰山

　　注：①天梯是指紧连南天门的紧十八盘，非常陡峭，就像梯子一样挂在
南天门下。

一棵松

山腰险处一棵松，独立崖边宾客迎。
苍翠长枝频摆动，容姿丰满正抛情。

　　　　　　　　　二〇〇六年四月　山东泰山

登泰途中

近若平川远是山，原来已在半山间。
悬梯①隐现云天处，游客猜说二九盘。

　　　　　　　　　二〇〇六年四月　山东泰山

　　注：①悬梯指南天门下的十八盘。

顿首问神

再登十步入天门，腿抖扶栏斜倚身。
回顾人间多少事，急需顿首问山神。

　　　　　　　　　二〇〇六年四月　山东泰山南天门

过南天门

摩空阁下一红门，飞挂天梯荡世尘。
仰望高墙屏圣境，俯观大地罩祥云。
进门参拜泰山帝，垂首祈责枉法人。
天地相合同世界，缘何此事必求神？

二〇〇六年四月　山东泰山

仙居宾馆

螭头奇兽脊，绿瓦赤窗门。
不速凡间客，群仙正侍宾。

二〇〇六年四月　山东泰山顶

天街牌坊

四柱笔直衬蔚蓝，雄狮蹲守玉龙蟠。
雕梁架阁薄云绕，屏住天街云那边。

二〇〇六年四月　山东泰山顶

天　街

飘过轻云现彩楼，繁华市井任需求。
长街多客但幽静，街外碧蓝无尽头。

二〇〇六年四月　山东泰山顶

拱北石

拱北向崖两丈石，日观峰上展雄姿。

巨龟引颈探沧海，鸿雁欲飞昂首嘶。

二〇〇六年四月　山东泰山日观峰

注：从不同的角度看拱北石，会有不同的视觉效果，想象空间很大。

极顶观山

青烟絮绕玉皇顶，刺破云涛五岳尊。

棉海隐约浮数影①，不知那是哪方神。

二〇〇六年四月　山东泰山玉皇顶

注：①"浮数影"是说站在泰山顶上放眼远望，在一片白色的云海中，飘浮着数座奇峰，就像几群神仙在游逛。

五岳独尊

誉冠九州东伴龙①，黄妃安坐碧霞宫。

帝王常至求神力，墨客频来倾傲情。

览胜游山人济济，敬香祈祷意浓浓。

合十默问泰山帝②，何日人间永太平？

二〇〇六年四月　山东泰山顶

注：①东伴龙指泰山为东岳，与神话中龙的所在方位相同，因此有五岳独尊之说。
②泰山帝即东岳大帝，神话中姜子牙封黄飞虎为东岳大帝。

千字碑^①

开元鼎盛世无敌，国泰民安万载希。
游子他乡思故土，唐人街里问国籍。
摩崖惊世千言记，勤政厚生百姓依。
治理国家求上策，大观峰上有天机。

二〇〇六年四月　山东泰山摩崖

注：①千字碑是唐开元年间唐玄宗御制《纪泰山铭》，俗称"唐摩崖"，共 1008 个字，故也称千字碑，记述着他勤政厚生的功绩和治理国家的策略，至今仍有可借鉴之处。

玉皇顶观夕照

夕藏天柱后，金洒玉皇宫。
眯眼山凹处，红黄映满空。

二〇〇六年四月　山东泰山

泰山观日出

趋步逐流到顶峰，悬崖高处语多轻。
鱼白初放动人影，黄亮扩延驱晓风。
转眼红鳞冲夜幕，瞬时彩晕染晴空。
红黄深处金珠现，岱岳哗然云海青。^①

二〇〇六年四月　山东泰山日观峰

注：①最后一句记述的是太阳刚一露面时，满山的人不约而同地发出"啊"的声音，地平线以下皆是漆黑的云海。

登岱凯旋

徒步登山庆凯旋，欣然排宴在三官。

巳时起步酉时到，十点下山四点还。

峭壁悬崖仙阁动，秦松汉柏古音弹。

独尊五岳名不负，岱岳不登莫道山。

二〇〇六年四月　山东泰山三官庙

注：自红门徒步攀登了八个小时才到玉皇顶，第二天从玉皇顶徒步下山，用了六个小时返回红门里的三官庙。

神话万仙楼

吕祖偷情白牡丹，私生龙种受艰难。

龙筋抽断因一本①，杀界大开怨灶仙。

幸遇洞宾施法救，放出仙众聚楼欢。

灶王从此奏言美，力保凡间百姓安。

二〇〇六年四月　山东泰山脚下

注：①因一本意为因灶王向玉帝奏一本。全诗记述的是一个神话故事。

岱　庙

岱庙禅封始汉前，城门八座甚威严。

牌坊祥瑞盘龙凤，天贶①恢宏供帝仙。

稀世秦碑②使客叹，多情汉柏③感天怜。

山神专管凡间事，自古官民皆仰瞻。

二〇〇六年四月　山东泰安

注：①天贶殿是岱庙供奉东岳大帝的主殿。

131

②秦碑是秦丞相李斯手书碑。

③汉柏是汉武帝种植的柏树，据北宋《太平御览》记载，赤眉军曾试图砍其中一棵，见树流血而停，至今斧痕犹在。另一棵遭火焚，中间烧焦，却分别长成两棵，称连理树，乾隆为其绘图立碑，现立于树旁。

叹水泊梁山

梁山仿古忆英雄，水浒为图展迹踪。
忠字旗飘身被毁，招安头掉志成空。
反官拥帝瞎胡扯，杀富济贫白闹腾。
百姓因何多苦难，哪朝皇帝为民生。

二〇〇六年四月　山东梁山

尽忠毁义

一百单八聚在此，六关八寨杏旗悬。
天罡地煞风雷骤，昏帝奸臣心胆寒。
聚字改忠投宋帝，招安平叛未回还。
群雄到死不瞑目，雕塑难圆昔日山。

二〇〇六年四月　山东梁山

曹州牡丹

不尊武媚贬曹州，润色沁香任风流。
博得农家倾力养，广招雅士纵情讴。
自强不怠执意美，群妒难及永作羞。
百亩仙花齐怒放，天香国色誉全球。

二〇〇六年四月　山东菏泽牡丹园

注：传说武则天在很冷的正月庆寿，令百花盛开，唯不见牡丹，武则天大怒，下诏把牡丹从京城洛阳贬到了曹州（今菏泽）。当年在冬季百花不可能盛开，估计是做的假花，牡丹因雍容华贵没做成功而遭贬。无论是真是假，如今菏泽是牡丹之都，远超洛阳已成事实。

牡丹颂

誉冠群芳藐帝王[①]，能工巧匠亦难仿。

近前美女掩羞面，更逊浓浓十里香。

二〇〇六年四月　山东菏泽牡丹园

注：①帝王指女皇武则天。

孔府遐想

复礼巡游枉一生，终身说教却成名。

安民拥帝礼曾败，拜孔尊儒汉始兴。

圣府奠基二世纪，明清扩建九三庭[①]。

儒家思想虽一统，起义枭雄也有成。[②]

二〇〇六年四月　山东曲阜

注：①九三庭指九进三路庭院。

②掌权者都尊儒，起义者都崇道。

孔 庙

皇帝尊儒保政权，精修孔庙祭名贤。

局分九复齐天子，门设五重仿御垣①。

金殿②高台多圣境，青花巨柱③少人间。

皇朝历代尊儒史，孔庙之中见一斑。

二○○六年四月　山东曲阜

注：①御垣为皇宫之意。

②金殿是形容大成殿的等级。

③青花巨柱是指大成殿周围廊下环立的 28 根雕龙石柱，均为整石雕成，天下绝无仅有，已超过北京故宫中金銮殿的等级。

金声玉振坊

二柏单一孔①，坊迎圣水桥。

金声玉振②颂，古圣孔为高。

二○○六年四月　山东曲阜孔庙

注：①二柏单一孔指金声玉振坊前有两棵古柏，古柏前是独孔的洙水桥，俗称二柏单一孔。

②金声玉振指奏乐的全过程。奏乐从击钟（金声）开始，到击磬（玉振）结束，孟子以此比喻孔子思想集古圣先贤之大成。

孔 林

至圣先师誉古今，七十六代寝同林。

沉浮升降两千载，荣辱富贫十万坟。

白兔穴出①惊始帝，乌鸦树聚②护灵神。

石书汉字多遗迹，洙水周桥③育圣魂。

二〇〇六年四月　山东曲阜

注：①白兔穴出是传说秦始皇掘孔墓未果，墓中蹿出白兔的故事。

②乌鸦树聚是孔林奇特的自然景观，有孔子三千乌鸦兵的传说。

③洙水周桥是指周代为防洪而挖的洙水，桥因水而架。后人传说是秦始皇为断孔家风脉而挖，有秦人送水的故事。

夫人的乡叹

忆想五十五载前，阖家徒步闯东关①。

稚心爱女压筐颤②，小脚娘亲举步艰。

背井离乡千事苦，逃荒避难万般难。

辛劳侥幸到抚顺，花甲风光探沂南。

二〇〇六年四月　山东沂南

注：①东关意为通往东北的关口，指山海关。

②时年我的夫人才5岁，一路上坐在筐里由父亲挑着向前行。

夫人的乡思

老来常忆少时庄，幼小离家难记详。

音改发白寻故里，已然不见寨西乡①。

二〇〇六年四月　山东沂南蒲汪乡政府

注：①当年寨西乡是出生地，现已改为蒲汪乡。

夫人的乡情

问世此村里，别时五岁童。

家乡常入梦，花甲促归程。

举目无相认，操音多不通。

囊空抓把土，待富再寻情。

二〇〇六年四月　山东沂南于家官庄

青　岛

瓦红树绿一城山，海碧天蓝水作垣。

雕像花园镶闹市，尼庵道观饰崂峦。

八关①四季花不断，九水三川②美景连。

德日列强曾霸占，车站洋楼见一斑。

二〇〇六年四月　山东青岛

注：①八关即八大关，是青岛市内著名景观。

②九水三川是青岛崂山主峰北侧的景观。

栈桥游

桥形石坝入狂澜，碧水金沙古港湾。

琴屿①飘灯星夜静，回澜观海栈桥②喧。

鸥翔脚下望帆远，人倚栏边拂浪尖。

回首高楼出海面，仿佛身在远洋船。

二〇〇六年四月　山东青岛

注：①琴屿是栈桥不远处的一座小岛，岛上有航标灯。

②栈桥最前端的三角地上建有回澜亭，是观望大海的极佳之处。

城端海角

俏荡链栏微昂头，一轴图画入双眸。

楼山座海鳞波涌，海上皇宫如巨鸥。

二〇〇六年四月　山东青岛栈桥

注：栈桥两侧有铁链式护栏，远处是坐落在海上的"海上皇宫"建筑群，形若海鸥，是游乐场所，其近旁还有"好世界"建筑群，背衬青山，与栈桥遥遥相望。

花石楼

内润外坚石到头，几何拼就万花楼。

西欧古建造型美，中正夫妻①常逗留。

二〇〇六年四月　山东青岛八大关

注：①中正夫妻指蒋介石和宋美玲。

崂山太清宫

海阔天蓝三面山，清幽道观古林间。

夏伏暑远风凉地，冬九寒疏温暖天。

汉柏凌空生怪树，唐榆伏地展龙颜。①

云游高士频频至，讲道传玄境非凡。

二〇〇六年四月　山东青岛

注：①"汉柏凌空"和"唐榆伏地"是两个奇特的景观。

太　清

池①远蟠桃②近，两宫③飞瀑④连。

游龙⑤山顶舞，霞洞⑥隐云天。

二〇〇六年四月　山东青岛

注：①池指瑶池峰。

②蟠桃指蟠桃峰。

③两宫指太清宫和上清宫。

④飞瀑指龙潭瀑。

⑤游龙喻指索道挂斗。

⑥霞洞指明霞洞。

华严寺

法显取经为第一，生还就地奠台基。

仙山琼阁云梯绕，译记佛国诸事奇。

二〇〇六年四月　山东青岛崂山

注：法显为西行取经海上生还第一人，《佛国记》是其著作之一。

第一取经僧

法显天竺拜释门，返还海上剩独身。

荡漂幸靠崂山岸，西取真经第一人。

二〇〇六年四月　山东青岛崂山华严寺

人头石

华严寺有怪头石，眉眼微开若静思。

何故愁容嘴紧闭？天机不告世人知。

二○○六年四月　山东青岛崂山华严寺

蓬莱仙境

丹崖翠顶绕云帻，日洒光环海作歌。

秦影汉踪留史迹，唐砖宋瓦建琼阁。

有天无地凡人少，远岛近礁神话多。

欣倚楼栏观海蜃，八仙邀我醉不喝。

二○○六年四月　山东蓬莱

注：丹崖山即是传说中的蓬莱仙山，在蓝天和大海之间，古建多多、故事多多，充满了仙气，就像有天无地一般。

蓬莱阁赞

华夏四名阁，蓬莱仙气多。

琼楼沧海荡，玉宇淡云啄。

佛道林姑①聚，渔商百姓歌。

八仙虽过海，侥幸有东坡②。

二○○六年四月　山东蓬莱

注：①佛道林姑是指蓬莱山上供奉的佛、道、妈祖等各教派。

②侥幸有东坡是指苏东坡于1085年10月15日至10月20日曾任五日登州太守，两次给朝廷上奏章，为百姓办了三件好事。因而民间流传有"五日登州府，千年苏东坡"的佳话。

丹崖仙境有感

漫步丹崖拂海风，赏心悦目拜神灵。
谁说尘世皆俗骨，名利一抛仙即成。

二○○六年四月　山东蓬莱仙境坊

八仙礁感悟

海天无异色，礁屿也神仙。
常作八仙客，心神会永安。

二○○六年四月　山东蓬莱田横山

双龙分海

双龙分海议达成，宴罢腾空唤甲童。
即吐蓬莱珠作界，令其永守赐礁名。

二○○六年四月　山东蓬莱田横山

注：在田横山顶建有黄海、渤海分界坐标，两条虬曲盘旋的石龙拔地而起，相对腾空，眼前同视一颗巨珠。左侧石龙代表渤海龙王敖润，右侧石龙代表黄海龙王敖广，巨珠代表蓬莱。峭壁下海中有一巨礁，形如巨龟。传说当年两龙王在此交杯换盏，划定两海界限后，命巨龟永远据守在此，以作标记，人称金龟探海。

合海亭

黄渤合处一高亭，八面玲珑雕绘精。
蹿角飞檐山巅立，风拥雾护伴涛声。

二○○六年四月　山东蓬莱田横山

振扬门①

高墙矗立巨门楼，三跳飞檐顶螭头。
金瓦玉栏赤窗柱，振武扬威待倭酋。

二〇〇六年四月　山东蓬莱水城

注：①振扬门是蓬莱水城的南门。

八仙泄密

漫步登州府，八仙笑点头。
知足随我渡，贪欲莫残留。

二〇〇六年四月　山东蓬莱八仙过海群雕

戚家牌坊

巷端高耸玉牌坊，剔透玲珑气势昂。
精塑螭头多道脊，浮雕龙凤数根梁。
东厢称颂父和子，西首讴歌儿与娘。
御赐双坊民敬仰，抗倭名将最南塘①。

二〇〇六年四月　山东蓬莱戚继光故里

注：①南塘是抗倭名将戚继光的号。

回味山东

齐鲁风光好，曾出一圣人。

仙山琼阁美，百姓感情真。

游历相思地，流连忘返身。

群鸥逐浪舞^①，慰我告别心。

二〇〇六年四月　烟台至大连返乡轮上

注：①在海轮上，成群结队的海鸥盘旋在乘客头顶和身边，抢夺乘客手中的食物。

十三、河南

洛　阳

九朝千载百余帝，三彩①石窟②伴牡丹。
更有女皇③发迹史，旅游胜地不虚传。

二〇一五年四月四日　河南洛阳

注：①三彩即唐三彩。
　　②石窟指龙门石窟。
　　③女皇即武则天。

洛阳龙门①

伊河波涌两山间，宛若巨龙奔向前。
香寺②河东展巨画，石窟西岸住神仙。
梅石③奇特尊称玉，武媚慈悲留笑颜④。
大禹开山⑤为治水，龙门从此美名传。

二〇一五年四月四日　河南洛阳

注：①洛阳城南有条伊河，钟山和香山对峙于两岸，犹如洛阳城的门阙，
　　洛阳是九朝古都，天子之城，其门故称龙门。
　　②香寺即香山寺。
　　③梅石是当地出产的一种石头，黑色，上面布满了不规则的白色花
　　点，故称梅花石。
　　④"武媚慈悲留笑颜"是指最具代表性的奉先寺，题记为《大卢舍
　　那像龛》，开凿于唐代武则天时期，据记载当时武则天曾为此捐出两

143

万贯脂粉钱。传说卢舍那大佛的形象就是参照武则天的容貌而雕琢的。

⑤大禹开山是传说大禹治水时，把钟山和香山之间的距离开大了，形成了现在宽阔的伊河。

龙门石窟

伊河西岸钟山上，凿有窟龛两千三。
十万余尊雕像美，其中最媚武则天。

二〇一五年四月四日　河南洛阳

洛阳牡丹

雍容华贵万姿美，国色天香千载芳。
欲赏国花哪里去，洛阳城里是故乡。

二〇一五年四月五日　河南中国国花园

少林寺

普天禅寺多无二，少林功夫霸普天。
佛教禅宗始祖庙，距今一千五百年。

二〇一五年四月五日　河南登封嵩山

十四、湖南

长 沙

湘江两岸高楼耸，岳麓山前橘子洲。
关羽黄忠初会地，古今湘士尽名流。

二〇一九年二月三日　湖南长沙

酒店眺望与遐想

尽览湘江水，全观橘子洲。
伟人抒志地，招得万人游。

二〇一九年二月三日　湖南长沙万达文华酒店

庙会牌坊

张灯结彩闹新春，文气丰盈湘味浓。
庙会牌坊多喜庆，游人留影庆太平。

二〇一九年二月四日　湖南长沙太平街头

太平街上

太平街上多奇味，特色应归香辣浓。
更有贾谊居旧处，斯文底蕴隐其中。

二〇一九年二月四日　湖南长沙太平街

小吃无数

梅菜扣肉饼，油炸臭豆腐。
小吃不胜数，湘菜系中无。

二〇一九年二月四日　湖南长沙太平街

岳麓山景区

书声琅琅绕峰峦，向晚亭中观彩天。
举目层林乱染色，橘洲十里戏江澜。

二〇一九年二月四日　湖南长沙岳麓山

注：岳麓山被湖南大学、湖南师范大学、中南大学和长沙外国语学校等院校包围。

湖南大学

北宋开学办教育，岳麓书院最为先。
民国改定湖南大，文化熏陶岳麓山。

二〇一九年二月四日　湖南长沙岳麓山

摆　拍

绿树丛中建筑美，灰墙绿瓦嵌边白。
门前坡路石栏护，少女栏端正摆拍。

二〇一九年二月四日　湖南长沙外国语学校

岳麓书院①

古木参天竹作屏，千年书院隐其中。

真宗御笔书名匾，华夏四家排首名。

二〇一九年二月四日　湖南长沙岳麓山

注：①岳麓书院始建于北宋，与白鹿洞书院、嵩阳书院、应天书院合称中国古代四大书院。

书院景观

书院堂前池水清，孩童临岸倒留影。

山远亭近树相屏，一派斯文皆入境。

二〇一九年二月四日　湖南长沙岳麓书院

孙儿快来

老妪信步到桥边，遥见孙儿对岸玩。

招手哑呼来这里，花鲤成群戏水间。

二〇一九年二月四日　湖南长沙岳麓书院

路　标

假日到长沙，来寻爱晚亭。

老墙镶字示，由此向前行。

二〇一九年二月四日　湖南长沙岳麓山

爱晚亭

山间爱晚亭，始建在乾隆。

攒顶角飞翘，重檐坡缓倾。

花石撑四柱，绿瓦覆双层。

高悬红匾额，题字毛泽东。

秋日凭栏望，满山枫叶红。

　　二〇一九年二月四日　湖南长沙岳麓山清风峡谷

峡谷风光

山下古书院，山间一小亭。

书声频荡谷，霜染枫叶红。

　　二〇一九年二月四日　湖南长沙岳麓山清风峡谷

橘子洲

称霸世间一陆洲，金橘十里似漂流。

村烟舟泊多添雅，更有伟人①放歌喉②。

　　　　　　二〇一九年二月四日　湖南长沙橘子洲

注：①伟人指毛泽东。

　②放歌喉是指毛泽东曾在此作爱国诗词。

参拜毛泽东故居

参拜故居敬领袖，专程游览到韶山。

看听历史与功绩，动地惊天我肃然。

　　　　　　二〇一九年二月五日　湖南湘潭韶山冲

毛泽东出生地

领袖毛泽东，人民大救星。
幼时在此地，已显禀赋异。

二〇一九年二月五日　湖南湘潭韶山冲

毛泽东纪念广场

百姓集资建广场，只因怀念毛泽东。
生前征战典型地，巧借浓缩一大成。

二〇一九年二月五日　湖南湘潭韶山冲

岳　阳

岳阳楼美加一记①，鲁肃周瑜曾住留。
历史神仙多故事②，君山峰岛诱人游。

二〇一九年二月六日　湖南岳阳

注：①一记指范仲淹的《岳阳楼记》。
②多故事指岳阳除岳阳楼外，还有三醉亭、仙梅亭、怀甫亭、小乔墓、二妃墓、湘妃祠、柳毅井、杨么寨、秦始皇封山印和汉武帝射蛟台等景观。

洞庭湖与岳阳楼

凭楼远眺洞庭美，衔岭吞江吐雨云。
又有名家忧乐记①，岳阳楼宇更精神。

二〇一九年二月六日　湖南岳阳

注：①忧乐记是指范仲淹的《岳阳楼记》。

洞庭湖

汇合南北东西水，浩瀚碧波称洞庭。
陪伴长江东逝去，滔滔故事绵绵情。

二〇一九年二月六日　湖南岳阳岳阳楼

岳阳楼

四七圆木柱，撑起岳阳楼。
通体无钉钉，将军盔顶头。

二〇一九年二月六日　湖南岳阳岳阳楼

目中秀

两只大眼睛，炯炯抖精神。
靓女藏珠里，摆拍极认真。

二〇一九年二月六日　湖南岳阳岳阳楼

注：在岳阳门北口向南看，长门洞内漆黑一片，只有南端出口处有一亮点，就像黑眼睛中的瞳孔，在门洞内以此为背景照相可产生剪影效果。

剪　影

一剪成双影，细观无不同。
你说咋回事？原是后合成。

二〇一九年二月六日　湖南岳阳岳阳门

注：在岳阳门很长的门洞中从北向南望去，黑黑的门洞前端出口是一个圆圆的亮点，就像黑眼睛中的瞳孔。以此为背景照人的侧身像犹如剪影一般。复制成两张，将一张反向与另一张相对，就像两只大眼睛瞳孔中的两个同样剪影相对一般。

点将台

岳阳门外洞庭岸，昔日东吴点将台。

鲁肃登台挥令箭，战船遏浪阵门开。

二〇一九年二月六日　湖南岳阳岳阳楼

南　湖

东湖得益岳阳楼，美丽南湖怎罢休？

小岛大湖齐建设，新区古迹共筹谋。

八仙一渡多神话，一龙九龟景色优。

度假旅游好去处，寒冬又雨亦来游。

二〇一九年二月八日　湖南岳阳南湖宾馆

注：八仙一渡和一龙九龟均为南湖上的景观。作者是冬天冒雨游览的南湖。

十五、广东

广 州

五羊天降①保开泰，巷尾街头俱繁荣。
史上英雄不胜数，如今发展更前锋。

二〇一八年国庆　广东广州

注：①五羊天降是神话故事中的传说，古时广州一带连年灾荒，有五位仙人骑着羊自南海而来，五只羊口中各衔稻谷，撒在凡间，自此这一带连年五谷丰登。五只仙羊留在了广州一带，长期保佑人间，故称广州为羊城。

相 聚

相聚忆同窗，相拥心欲狂。
五十年过去，急想吐沧桑。

二〇一八年国庆　广东广州同学家

北京路

云集商贾北京路，市府江边一线牵。
娱乐饮食和购物，步行街上特别全。

二〇一八年国庆　广东广州北京路步行街

买彩票

虽然也是赌，盈利却归公。
无意中头彩，满心娱乐情。

二〇一八年国庆　广东广州北京路

黄埔军校

维护政权靠武装，孙君①高瞻建学堂。
英雄毕业三十万，忠烈为谁自主张。

二〇一八年国庆　广东广州黄埔军校旧址

注：①孙君指孙中山。

广州塔

亭亭玉立小蛮腰，五项全球独自高。
身段扭捏六百米，情人依恋更增娇。

二〇一八年国庆　广东广州珠江畔

注：小蛮腰是广州电视塔的昵称，塔身呈逐渐扭曲着向上形态，坐落在珠江岸边的花城广场中心，多有情人在此热恋。广州塔有世界第一高的观景台、垂直速降、旋转餐厅、横向摩天轮和世界最高最长的空中漫步云梯。

捷登公寓

小住入捷登，设施还算行。
相邻多闹市，服务却无星。

二〇一八年国庆　广东广州

153

珠　海

珠江入海会伶仃，百岛组成一座城。
情侣偕来游大道，窈窕海女喜相迎。

二〇一八年国庆　广东珠海

注：珠海沿江而建的情侣大道风光秀丽，游客很多，海中有美丽的珠海渔女石雕。

伶仃洋

说叹伶仃曾惶恐，至今华夏颂丹心。
请君再到大湾处，一片繁荣我汗青。

二〇一八年国庆　广东珠海

注：民族英雄文天祥曾留下《过零丁洋》诗篇。

双码车牌

一块车牌两个码，往来珠澳好通行。
小牌价码比车贵，其主必为一富翁。

二〇一八年国庆　广东珠海

珠海渔女

香炉湾处风光美，渔女献珠雕像高。
矫健体型与善面，已成珠海市之标。

二〇一八年国庆　广东珠海

拱北口岸

拱桥北岭建口岸，港澳直通一座桥①。

奇迹改书世界史，驱车跨海任逍遥。

二〇一八年国庆　广东珠海

注：①一座桥指闻名世界的港珠澳大桥。

龙在飞
——港珠澳大桥通车联想

北国山上舞①，南粤水中腾②。

游弋绕沧海③，蜿蜒入雪峰④。

上天修会馆⑤，入地建行宫⑥。

世界惊张目，东方一巨龙。

二〇一八年国庆　广东珠海

注：①山上舞指万里长城。

②水中腾指港珠澳大桥。

③绕沧海喻指航空母舰。

④入雪峰喻指青藏铁路。

⑤修会馆喻指建空间站。

⑥入地建行宫喻指地下铁路及其他地下工程。

十六、广西

桂　林

秦皇汉武曾开拓，幽洞奇山故事多。

水绕峰林书锦绣，花香鸟语伴渔歌。

二〇一二年十一月　广西桂林

两江四湖

两江①绕串四湖②流，围得老城变叶舟。

环水亭台花树隐，远峰如杖水中收。

二〇一二年十一月　广西桂林

注：①两江为漓江和桃花江。
　　②四湖指榕湖、杉湖、桂湖和木龙湖。

神话象鼻山

天帝弃之民救援，报恩耕耘在人间。

两江汇处来汲水，宝塔镇妖驮背端。

二〇一二年十一月十日　广西桂林

注：传说象鼻山原是天帝的坐骑神象，因负伤病倒在桂林，被百姓救活，为感恩留在了人间，普贤菩萨送其一座九转镇妖塔置于象背之上。

古南门

古城一座沧桑门，南宋史踪仍有魂。

湖岸古榕千载伴，何须"古"字再明文。

二○一二年十一月十日　广西桂林

注：城门上边镶嵌着"古南门"三字，为郭沫若所书。

芦笛岩

芦荻草隐乳石洞，天造神奇万景宫。

曲径高低难觅路，只因处处有花屏。

二○一二年十一月十一日　广西桂林

注：芦荻是一种草的名字，可做笛子。芦笛岩就是芦笛洞，据考察唐代就有人在此活动了。洞内奇特的钟乳石景观美丽宏大，让人心旷神怡。

世外桃源

自然山水风光美，疑是仙境飘下来。

再造田园强作秀[①]，暗伤元亮[②]太不该。

二○一二年十一月十三日　广西桂林阳朔

注：①本来是很美的自然风光，被人为建造了好多田园亭台，大煞了风景。
②《桃花源记》作者陶渊明的字为元亮。

马象奇石

奇山秀水长廊美，钟乳巨石镶洞边。

马进象出观里外，相机同框永难全。

二〇一二年十一月十四日　广西桂林阳朔十里画廊

注：一座山的洞口有块大钟乳石附于石壁，从外向里看像是一匹白马低头进洞，若从里往外看，则像是一头大象正在信步出洞。

大榕树

隋人植树今仍旺，七米干围冠百方。

三姐阿牛情定处，歌声绕树韵犹长。

二〇一二年十一月十四日　广西桂林阳朔

注：这棵大榕树高 17 米多，已有 1500 多岁了。传说刘三姐与阿牛哥就是在此树下定情的。

月亮山

秀峰独立洞高悬，恰似广寒镶里边。

站在村边抬望眼，来回漫步赏亏圆。

二〇一二年十一月十四日　广西桂林阳朔

注：月亮山前有一个自然村，是观赏月亮山的最佳处，来回漫步轻移，会看到月亮亏、盈变化的奇特景观。

漓江风光

万座奇峰百里画，一条碧水绕千峡。
渔歌林外惊唱鸟，岩洞峰间隐几家。

二○一二年十一月十五日　广西桂林阳朔

室外情景剧

十二奇峰四里水，天然实景演风情。
生息劳作皆为舞，三姐山歌情更浓。

二○一二年十一月十六日　广西桂林阳朔

注：室外情景剧名为《印象·刘三姐》，由张艺谋导演，以真山真水为舞台和背景，融合了少数民族风情和漓江渔火等元素，以当地600多名渔民为演员，启用了超大的背景歌队和国内最大规模的艺术灯光，是世界最大的山水实景演出。

西　街

商品无没有，酒吧更兴隆。
老乡与老外，难辨主人公。

二○一二年十一月十七日　广西桂林阳朔

注：这里的老外是当地人口的三倍，极其开放。

十七、云南

大理古城

苍山洱海两相间，异牟寻王始建圜。

鹤塔海山[1]四面立，风花雪月[2]八方传。

白墙青瓦民居美，纵巷横街碧水潺[3]。

历尽千年春亦在，古城今日更奇观。

二〇〇四年五月　云南大理

注：①鹤塔海山指古城四门，南称双鹤、北称三塔、东称洱海、西称苍山。

②风花雪月指下关风、上关花、苍山雪和洱海月四景。

③城中街道两旁多有泉水流淌。

小池观塔

小池着雨面无辉，麻影犹存三塔威。

雄镇山川千百载，南诏文化塔为魁。

二〇〇四年五月　云南大理崇圣寺三塔倒影公园

注：三塔在崇圣寺山门前，始建于唐代，结构和形制都很特殊，最高的塔高近70米，几经地震倾斜而不倒，破裂后自复如初。至清代，崇圣寺仅存三塔，是大理的标志。在三塔附近有一座三塔倒影公园，内有一潭，水平如镜，美丽的三塔倒影清晰地映在水中，是以三塔为背景摄影留念之地。

下关风①

风城神话太迷人，今日特来参拜神。

莫叹风婆无处觅，树皆南指是其魂。

二○○四年五月 云南大理下关

注：①下关风是大理四大奇观之一，名气很大。这里一年最少有三十五天刮八级以上大风，其狂如虎，拔木倾舟，行人常被吹倒，但这里的风高而不寒，无沙无尘，且不进宅院。另外据说刮南风时人朝北走，头上帽子被吹掉后会落在身后。如果朝南走，吹掉帽子后却会落在自己的前面。

白族民居①

白墙青瓦细雕琢，天井相间院闭合。

风返光来一照壁②，嵌山门阁③若飞鸽。

二○○四年五月 云南大理

注：①白族民居一般为三房一照壁，四合五天井。
②风返句指照壁墙有挡风和利用阳光的功能。
③嵌山门阁是指美丽的飞檐翘角门楼镶嵌在房山上。

古城街市

五彩华楼①角欲翔，四门高拱矗中央。

耳听南市银楼②响，眼望北街③金发忙。

大理石雕东满巷，白族扎染覆西墙。

花街闹市绕潺水，千载名城伴点苍④。

二○○四年五月 云南大理

注：①五彩华楼是大理古城中心标志性建筑。
②银楼是打造和销售银器饰物的作坊。

③北街为古城内的洋人街。
④点苍指点苍山。

南诏文化城

重阁高墙气势宏，南诏一统诸事兴。

汉清张杜有踪迹，大理①兴衰具表明。

二〇〇四年五月　云南大理

注：①大理是汉代建制，唐代统一为南诏国。汉代学者张权盛外出求学，回乡广传汉文化。清代杜文秀在大理建立反清政权，坚持了十六年。

古城街景

雕楼相对伴溪流，若镜圆屏饰巷头。

绿树红花陪靓女，苍山门雪①镜中收。

二〇〇四年五月　云南大理

注：①苍山门雪指苍山门和苍山雪。

雨中洱海

微风吹雨海镂花，翁赶鱼鹰水里扎。

岸柳狂摇风变大，架鹰摧橹箭船发。

二〇〇四年五月　云南大理才村码头

悬崖勒马

山腰玉带美如画，峭壁悬崖疑断途。

小子向前忙勒马，"一回头"处问媳妇。

二〇〇四年五月　云南大理苍山玉带路一回头

注：苍山上有一条横贯南北的路，一至两米宽，海拔两千多米，蜿蜒在崇山峻岭半山腰间。时有白云盖路奇观，多险境，风景秀丽，"一回头"是诸多景观之一。

七龙女池[①]

玉带[②]云端寻路难，眼前飞瀑挂七潭。

晶莹剔透连天水，龙女仿佛刚浴完。

二〇〇四年五月　云南大理点苍山

注：①七龙女池是指在苍山半山腰从上到下串联着七个逐渐变大的水潭，潭边有圆滑的巨石相伴，千姿百态。传说山上的黑龙和黄龙夫妻俩生的七个女儿经常在这里洗澡，各占一池，池池景观奇特。
②玉带指在点苍山上常有玉带状白云绕在半山，依云而修的路称玉带路。

大峡谷

扶石揽树到崖边，战战兢兢往下观。

云岭劈开峭壁翠，长峡深谷似无端。

二〇〇四年五月　云南大理点苍山

清碧溪

绿帐隐深壑，瀑声压鸟鸣。

三叠秀水碧[①]，数丈丽石莹。

水映晾衣处[②]，峰托对弈坪[③]。

青龙漩碧水，怒入洱坑中。

二〇〇四年五月　云南大理点苍山

注：①三叠秀水碧指清碧溪上中下三潭形成的叠水瀑布。

②晾衣处为当年徐霞客在此跌入潭中时，上岸后晾衣服的地方。

③对弈坪指清碧溪峰顶的一块较大平地。相传曾有一青龙，常变作书生与寺内老僧在此下棋，应老僧之邀现出原形，却被外人偷看，难以再变人形，一怒作法，令大雨倾盆、山洪暴发，带水闯入洱海，形成清碧溪。

蝴蝶会①

双香树下涌清泉，欢聚花蝶万万千。

勾腿触须垂串串，悬枝击水点圈圈。

霞雯故事②民间颂，大理风光四海传。

盛况频招天下客，慕名四月赏奇观。

二〇〇四年五月　云南大理蝴蝶泉

注：①蝴蝶会是指在半山腰有一个泉池，一棵粗壮的蝴蝶树横跨在泉上，每年农历四月中旬树上开满蝴蝶花，并引来蝴蝶万千，蝶花难辨，相连成串倒挂在树、水之间，观者人山人海，故称蝴蝶会。

②霞雯故事指传说中霞郎与雯姑一对青年，除恶向善，最后变成蝴蝶的爱情故事，蝴蝶是忠贞爱情的象征。

蝴蝶泉

石间沙里水花翻，五色蝴蝶戏碧泉。

多谢神龙吐圣水①，游人争洗祈平安。

二〇〇四年五月　云南大理蝴蝶泉

注：①神龙吐圣水是指在泉池东护栏外侧下方嵌有一龙头，蝴蝶泉水由此喷出，游人多在此洗手祈祷平安。

蝶花难辨

蝴蝶泉处蝴蝶馆，多彩蝴蝶多彩花。

蝶舞花摇难辨认，奇观镶嵌点苍崖。

二〇〇四年五月　云南大理蝴蝶泉

注：蝴蝶泉处有一座蝴蝶标本馆，里面种满鲜花，到处都是蝴蝶，大的如手掌，小的若蜜蜂，五颜六色、千奇百怪。风吹花摇，彩蝶或舞或落，很难辨出哪是花哪是蝶。

花甲情歌

洱海苍山罩晚霞，大青树①下会金花。

虽说你我已花甲，喜悦心情刚迸发。

二〇〇四年五月　云南大理蝴蝶泉

注：①大青树是电影《五朵金花》中阿鹏和金花会面的地方，多有游人租穿白族男女青年服饰合影留念，我们夫妻已年过花甲也照了一张。

上关花①

粉花十二瓣，闰月变十三。

香气四方溢，美名八面传。

官家明抢利，百姓暗伤残。

幸遇七龙子，上关花又繁。②

二〇〇四年五月　云南大理上关花园

注：①上关花：名十里香。传说是吕洞宾所栽，花大如莲，平年开 12 瓣，闰年开 13 瓣，奇香无比，果实坚硬，可做朝珠，故也称朝珠花。据说元朝时还有，后来就没了，现在是后栽的木莲花。

②后四句是传说古时因花奇观者众，官家便独霸，当摇钱树，百姓

反而遭难，便偷砍折之。平息后，七龙子下凡，喷出泉水浇灌，使上关花死而复生。

天龙洞

苍山峭壁洞崚嶒，洞口盘旋一巨龙。

斗胆攀爬探入内，慈佛恶兽俱其中。

二〇〇四年五月　云南大理上关花园

注：天龙洞内有人为建造的各种雕像，乱七八糟的没有主题。

天龙泉

龙王七子到人间，喷涌清泉润沃田①。

更育奇花②惊世界，金花③自此笑开颜。

二〇〇四年五月　云南大理上关花园

注：①天龙洞的水曾使上关花复活。
②奇花指上关花。
③金花泛指百姓。

丽江古城①

大研古镇倚狮峰，八卦石街水自冲。

双起雕楼多货卖，四方街市少车行。

一城无郭不钉府，万树满山顶玉龙。

边塞高原藏锦绣，姑苏也逊纳西城。

二〇〇四年五月　云南丽江

注：①丽江古城在玉龙雪山脚下，古称大研镇，亦称纳西城，倚狮山而建。传说明朝御赐土司木姓，因钉木不祥，围木则困，故房无钉，城无郭。

玉龙雪山长满绿树，山顶覆盖着皑皑白雪。

四方街

商阁四围如彩屏，红花绿树路边迎。
宫灯绚丽伴星月，夜静石街水自冲。

二〇〇四年五月　云南丽江

注：丽江古城引玉泉河水环城而流，户户门前流水，四方街略凸，夜深水闸自合，水漫石街自动冲洗。

古城小巷

重阁镂窗飞蹿檐，红门青柱大开间。
无暇店铺琳琅满，购物观光人忘还。

二〇〇四年五月　云南丽江古城

木　府

府枕狮山元气集，坊迎玉水太极依。
雕梁画栋楼堂美，枯木逢春世上奇。
都道土司行僭制，亦闻木氏尚宾仪。
天朝辅政建功业，世盛民安战火熄。

二〇〇四年五月　云南丽江

注：明洪武年间，纳西族土司归附明朝，御赐木姓，建木府于狮山上，若皇宫，其中还有枯木逢春奇观。牌坊面朝玉泉河，纳西人重信讲义，直率崇礼，古城繁兴，祥和安定。

玉音楼①

二十蹄角跳三檐，虽木无钉世上罕。

雕兽镂花琼阁美，宴收歌罢圣旨传。

二〇〇四年五月　云南丽江木府

注：①玉音楼是土司设宴会迎贵宾和接圣旨之地。

枯木逢春

传说枯木逢仙记，谁见干枝叶复繁。

木府厅前奇迹现，千年枯木又春颜。

二〇〇四年五月　云南丽江木府

长江第一湾

金沙违令猛回还，云岭冲成两雪山。

诸葛红军都得助，名垂史册第一湾。

二〇〇四年五月　云南丽江

注：传说玉帝女儿怒江、澜沧江和老三金沙江，在二郎神的监督下奉命向南入南洋。老三倔强不从，突然回头向北狂奔，把雪山冲成两半，分成玉龙和哈巴两座雪山后，又向东海狂奔而去。诸葛亮和红军都曾在此胜利渡江。

彩石滩

万里长江第一湾，竖峰横岭守江边。

奔腾碧水回流处，多彩莹石铺满滩。

二〇〇四年五月　云南丽江长江第一湾

石 鼓①

孔明石鼓自开合，镇鬼安魂书战歌。

藏宝传说招祸患，劫财毁鼓梦南柯。

二〇〇四年五月　云南丽江石鼓镇

注：①石鼓又称诸葛鼓，相传诸葛亮五月渡泸，为镇鬼安魂而立，石鼓中间有条缝，战时开、太平合。后来土司得胜书战事于其上。传有民谚"石门对石鼓，金银万万虎，有人猜得出，买下丽江府"。至"文化大革命"时，有人借破旧之名，毁鼓寻财，结果一无所获。

铁虹桥

铁锁桥悬水映虹，曾迎茶马走西东。

如今古道游人密，桥上顽童引客行。

二〇〇四年五月　云南丽江石鼓镇

注：石鼓曾是茶马古道重镇，铁虹桥是古道要冲，今已成为旅游景点。

虎跳峡

飞涛惊走千崖鸟，叠雪强压万丈流。

石立江心助虎跳，涛鸣山谷伴君游。

二〇〇四年五月　云南迪庆虎跳峡（上跳）

注：在陡峭山峰夹持下的长江落差很大，水流特急，再加江心遇巨石相阻，整个江面泛着层层浪花，一片雪白，涛声震耳。

泸沽湖

格姆①藏湖亿万秋，水中数丈见鱼游。

鹰击水面蓝天动，遥唤猪槽②狂放喉。

二〇〇四年五月　云南丽江宁蒗

注：①格姆是传说故事中的女神。

②泸沽湖上的船是用猪皮包成的，主要用作捕鱼，称猪槽。

女儿国

祖母当家主事人，女人传代不结婚。

摩梭儿女喜歌舞，相爱还需夜入门。

二〇〇四年五月　云南丽江宁蒗泸沽湖

注：摩梭人过着老祖母为家主的母系生活，实行阿夏婚，无嫁娶，人称女儿国。

母系之家

祖母家中独掌门，传宗接代不男人。

多情多义尊阿夏，烦恼不及合与分。

二〇〇四年五月　云南丽江宁蒗泸沽湖

注：摩梭人实行阿夏婚，即走婚。相爱男女不婚不嫁，男方入夜后偷偷潜入女方花楼（卧室），天不亮便悄悄离去，生下的小孩由女方独自抚养。辈分最高的女人主家，人称母系社会。

篝火情深

摩梭儿女爱歌舞，篝火熊熊情意浓。

粗犷在前柔在后，欢歌笑语满星空。

二〇〇四年五月　云南丽江宁蒗泸沽湖

西双版纳

北回归线①漫黄沙，版纳唯多草木花。

更有雨林藏锦绣，竹楼②卜哨③美人家。

二〇〇四年五月　云南西双版纳景洪

注：①北回归线是地球沙带，西双版纳是唯一绿洲。
　　②竹楼是傣家民居。
　　③卜哨是对傣族姑娘的称谓。

寄生树

附于异树巧生根，叶茂枝繁盖主人。

莫道寄生太懒惰，广择奇路也争春。

二〇〇四年五月　云南西双版纳景洪

傣家竹楼

方排圆木架竹楼，多脊垂檐篷探头。

外朴内华藏现代，傣家儿女绘春秋。

二〇〇四年五月　云南西双版纳傣家园

傣族新年
——泼水节

凶狠瘟神灾难降，善良七女父头割。

降温除臭互泼水，辞旧迎新作颂歌。①

卜哨②围追泼水笑，游人躲闪缩头搏。

开心嬉戏傣家坝，入梦犹游勐曼③河。

二〇〇四年五月　云南西双版纳橄榄坝傣族园

注：①前四句是传说一凶神施魔法，使四季混乱，傣家面临灭亡。他刀
　　枪不入、水火不怕，玉帝无法制服。瘟神七个女儿大义灭亲，乘父
　　醉用其头发割下其魔头，头喷火，则轮流抱在怀中，每换一次，需
　　相互泼水除臭降温，直至腐烂。凶神除后，人间从此风调雨顺。因
　　而傣族便以泼水为纪，辞旧迎新，定为傣族新年。
　　②"卜哨"是傣语姑娘之意。
　　③"勐曼"是村寨之意，傣语称坝子为"勐"，寨子为"曼"。

傣家寨子

曼春满①里竹楼美，怪状奇形各不一。

傣寨楼边椰树下，有羊有马有鹅鸡。

二〇〇四年五月　云南西双版纳曼春满自然村

注：①曼春满为傣语村寨名。

傣家风情舞

傣家卜哨①哨德哩②，曼③里台前演技奇。

赶摆④插秧皆入舞，真情实意最相宜。

二〇〇四年五月　云南西双版纳橄榄坝傣族园

注：①傣语称姑娘为"卜哨"。

②傣语称小伙儿为"哨德哩"。

③"曼"为傣语村寨之意。

④"赶摆"为傣语赶集之意。

傣族佛寺

勐曼椰林多寺塔，风格奇特且豪华。

小乘宗教家家奉，男子童年必罩裟。

二〇〇四年五月　云南西双版纳橄榄坝

原始雨林

奇花异草漫清香，怪树古藤一任狂。

处处阴凉湿漉漉，不知抬脚向何方。

二〇〇四年五月　云南西双版纳雨林谷

过空中走廊

望天树上吊长廊，脚下茫茫绿海洋。

离地高悬二百尺，连摇带颤特心慌。

二〇〇四年五月　云南西双版纳雨林谷

注：望天树高八十米，吊廊在万树之上。

翠湖①公园

九龙池映五华②影，亭榭欲飞犹恋花。

待到风吹塞北雪，万人空巷戏鸥鸭③。

二〇〇四年六月　云南昆明

注：①翠湖原名九龙池，池中亭榭蹲角如翼欲飞，水中荷花围簇。

②五华指五华山。

③戏鸥鸭意指冬季候鸟满湖，极为壮观，观者众多。

望楼思

万绿丛中水涌楼，奔来喜看①上心头。

长联②喻世三千月，叹想犹能自解愁。

二〇〇四年六月　云南昆明大观楼公园

注：①"奔来""喜看""叹想"都是引长联句意，喻指长联。

②长联指大观楼上清朝孙髯撰的180字长联，距今已近三百年。

大观楼上观

仰天靓女①睡依然，滇水②被污已变颜。

曲绕榭亭莲柳美，云集商贩骨牌喧。

一杯浊酒入肠内，百感长联③展眼前。

空阔无边无处觅，奈何昂首叹长联。

二〇〇四年六月　云南昆明大观楼公园

注：①仰天靓女是指遥观西山像一位仰天长睡的美女。

②滇水指滇池，被污染得极为严重，水面长满了绿色植物，大观楼公园内也乱糟糟一片。据说2020年时已治理好。

③长联指大观楼楹联，由清代孙髯所作、赵蕃手书，共180字，大观楼因此声名远扬。

近华浦①亭

正是牌楼侧是亭，重檐蹿角翼群鹰。

花拥柳绕水隔路，池浦近华多雅情。

二〇〇四年六月　云南昆明大观楼公园

注：①近华浦意为接近太华山的地方。

金　殿①

绕翠拾级过吕桥②，叠台二九③入铜雕④。

啖珠凌脊云龙守，蹿角飞檐仙气飘。

四九门窗屏帝将⑤，二八花柱伴童姣⑥。

玄天大帝坐金殿，应谢镇山大官刀⑦。

二〇〇四年六月　云南昆明

注：①金殿为平西亲王吴三桂于1669年铸，殿与神像浑然一体，均为铜
铸，门窗都可活动，总重达250吨。
②吕桥即迎仙桥，传说吕祖曾在此点化云南巡抚陈用宾。
③叠台二九意为金殿有2层基座，各有9级台阶。
④铜雕指金殿，其全部用铜铸雕而成。
⑤帝将指真武大帝和龟蛇二将。
⑥童姣指金童玉女。
⑦大官刀指吴三桂用过的大刀，长2米、重24斤，俗称大官刀，这
里喻指吴三桂。

棂星门

凤鸣林吼雾云腾，门立棂星儒道宫。

高守雄狮严检点，丰田得士助书生。

二〇〇四年六月　云南昆明金殿公园

注：槐星是上古先民崇拜的吉星，主管天下农田丰盈之事，后来民间将孔子也尊为槐星，所以他又监管起功名来了。

魁星楼

叠翠托出两亩城[①]，四门华丽最魁星[②]。

飞檐画栋螭头脊，高阁登临文运生。

二〇〇四年六月　云南昆明金殿公园

注：①两亩城指鹦鹉山上的紫禁城，周长三百六十五尺。

②魁星指紫禁城西门称魁星门，门上是魁星楼，魁星是道教中管文运的神。

鸣凤晨钟[①]

曲径拾级达尽头，花开十字[②]入双眸。

角悬六六[③]八方翼，台筑三三[④]十丈楼。

盘顶双龙钟吊挂，冤魂万户恨难休。

晨钟鸣凤祈康泰，盛境招来万客游。

二〇〇四年六月　云南昆明金殿公园钟楼

注：①此大钟是明永乐朱棣为巩固皇位，给"清君侧"数万人超度亡魂，祈求国泰民安而铸。当时全国广铸大钟，此钟为其一，原挂于昆明旧城宣化楼上，1953年移至鸣凤山上。

②花开十字指美丽的钟楼，平面呈十字形。

③角悬六六指每层有指向八方的十二个角，三层共有三十六个，形同飞翼凌空。

④台筑三三指楼有三层台基，每层三级。

世博园赞

万国旗帜荡门前，七馆七十七展园。

四海香溪润圣地，五洲花柱饰龙坛。

花钟转过千年历，世纪驶来万卉船。

园艺燃情人世暖，鲜花繁盛少硝烟。

二○○四年六月　云南昆明世博园

注：昆明世博会于 2000 年开幕。四海香溪、五洲花柱、万卉船和花钟各景观，均由数万盆鲜花所布景而成。

世纪花钟①

五彩花钟冠古今，吉尼斯里记三新。

鲜花巧布一千九，纪末纪初标秒分。

二○○四年六月　云南昆明世博园

注：①世纪花钟于 1999 年年底揭幕，共用 1999 盆鲜花造成。其中最轻、最准确和三针齐全三项特点已收入吉尼斯纪录。

世纪花船①

鲜花装组大帆船，驶入辉煌世纪年。

祈盼全球争战少，和谐幸福赐人间。

二○○四年六月　云南昆明世博园

注：①世纪花船由十万盆鲜花组成，2000 年布展。

蝴蝶兰

一根藤上几花蝶，风扰轻摇左右斜。

蹑手突然抓住翅，方知受骗仿生学。

二〇〇四年六月　云南昆明世博园

农科小院

蟠桃硕果怪形梨，异菜奇瓜世上稀。

五谷亦为新面貌，农科院里太神奇。

二〇〇四年六月　云南昆明世博园

孔　雀

恰逢名雀大开屏，花尾绿衫头顶缨。

神态轻高慢踱步，猛然一吼却难听。

二〇〇四年六月　云南昆明世博园

瓶　棕

貌似大花瓶，上插一束缨。

叠环疏渐密，自报几年龄。

二〇〇四年六月　云南昆明世博园

大丽花

大若牡丹形若菊，茸茸花瓣卷蜂盂。

五颜六色难描绘，娇貌艳妆香不需。

二〇〇四年六月　云南昆明世博园

赞中草药

俗木凡花草普通，混合精细显神功。
时珍先祖巧调用，治病除灾贫富同。

二○○四年六月　云南昆明世博园

马来西亚园

南洋秀女到中华，展示园林艺术花。
热带风光多亮丽，温情脉脉溢天涯。

二○○四年六月　云南昆明世博园马来西亚园

西　山

万丈悬崖翠罩身，薄云若帐隐佛门。
山高欲拜疑无路，无志难成在上人。[1]

二○○四年六月　云南昆明西山公园

注：[1]昆明西山半山腰有一副对联：高山仰止疑无路，举首还多在上人。

悬崖奇道

悬崖壁上若龙盘，忽暗忽明云雾间。
正叹崖端无去处，探身昂首见达天。

二○○四年六月　云南昆明西山公园达天阁岩道

注：此岩道是一位出家人用十五年的工夫手凿而成，到达天阁仅此一条路。

龙门叹

悬崖峭壁巧雕门，神案供炉一脉身。
鲤跃龙门凭自我，如今老朽只依神。

二〇〇四年六月　云南昆明西山公园

注：这里所有石雕都是以山石为体就地而雕成的，没有镶嵌和补贴，但只有一处例外，即达天阁内魁星手中之笔的笔头不是连体雕成。据说雕刻此像的石匠因家庭婚姻不幸而瞬间精神恍惚，不慎失手将笔尖凿断，破坏了众人辛苦了十几年的艺术作品，他伤心至极，纵身跳下龙门而亡。

龙门坊奇观

峭壁蜿蜒挂曲廊，悬崖极处架门坊。
湖光村落隐约现，空阔无边任我狂。

二〇〇四年六月　云南昆明西山公园

注：一过龙门就是达天阁，阁前悬崖峭壁边上是一个不大的平台，站在平台上视野开阔，滇池、山脉、岩道和村落尽收眼底。

上天台①

虽无花柳伴，君也莫徘徊。
登至天台上，心花自会开。

二〇〇四年六月　云南昆明西山公园

注：①天台即达天阁。

山海观

五百^①湖光万丈山，悬崖海角见一斑。
渔村小路绕滇水，栈道盘旋伴翠峦。

二〇〇四年六月　云南昆明西山公园凤凰岩

注：①滇池号称五百里。

石　林

地壳变迁驱海远，奇峰异岭献人间。
名人丽物八十景，雅石幽水四大观^①。
欠议名标且莫怨，点评景象自由谈。
不言大美少诗句，掩耳拙书暗遣闲。

二〇〇四年六月　云南石林

注：①四大观指石林景区中的大石林、小石林、石林湖和李子园。

石林湖

山青石秀竞妖娆，碧水相依更显娇。
树掩人家花几点，群鸭逐燕惹荷摇。

二〇〇四年六月　云南石林

恋芙蓉

曲径层叠直入空，攀爬只可一枝松。
全神贯注暂屏气，紧抱芙蓉^①览万峰。

二〇〇四年六月　云南石林

注：①芙蓉指莲花峰，是大石林景区的制高点。

石屏风

冷观豪院一雕屏①，花下白羊卧草青。
细看两驼峰上站，久别重见正柔情。

二〇〇四年六月　云南石林

注：①雕屏意为像雕刻的屏风。

剑峰池

石谷突见一池清，刺出银剑向天庭。
本来利刃数十尺，激怒天神斩断锋。

二〇〇四年六月　云南石林

注：剑锋因雷击而断，有天神怒斩的神话传说。

吓美石

擎天拔地两峰间，宋氏美玲经此玩。
昂首回眸极处看，巨石欲落眼惊圆。

二〇〇四年六月　云南石林

注：吓美石为石林一壮丽景观，有惊吓宋美龄的传说。

误入歧途

步入石林内，东西难辨清。

左右不停转，高低反复登。

不觉入峡谷，才知进陷坑。

四周峭壁险，头上线天明。

路有两足窄，地无三寸平。

丈崖屏后路，千磴挂前程。

问路哪还有？无人详作应。

二〇〇四年六月　云南石林大峡谷

西双版纳热带植物园

罗梭江绕葫芦岛，热带风光分外娇。

异木奇花遍地是，香风爽气满园飘。

科研实验根基好，度假旅游格调高。

四海宾朋频踏至，名园飞架友谊桥。

二〇〇四年六月　云南西双版纳

小　塘

棕榈林边一小塘，水中倒映好风光。

轻声犹促群蛙跳，惹得浮萍紧晃荡。

二〇〇四年六月　云南西双版纳热带植物园

磁玫瑰

叶杆丈高湿地生，稀疏绿叶羽毛形。

地出三尺几蛇杆，单顶磁花水粉红。

二○○四年六月　云南西双版纳热带植物园

奇特香蕉

蓬松绿茎几人高，叶柄如枝干上摇。

倒挂金钩一串串，串端长链吊花娇。

二○○四年六月　云南西双版纳热带植物园

旅人蕉

地生长柄形如桨，纵像雀屏横若幢。

远望似乎人几伙，观光赏景首高扬。

二○○四年六月　云南西双版纳热带植物园

空中花园

枝横十丈若篷房，各种花胚寄满梁。

待到春来争艳日，五颜六色沁奇香。

二○○四年六月　云南西双版纳热带植物园

光棍树

绿棒枝头齐向阳，笔直成束寸来长。

似梅枝干曲多角，无叶无花光棍光。

二○○四年六月　云南西双版纳热带植物园

园中小憩观

小憩园中盆景①前，放眼花木衬蓝天。

高低红绿多和美，却有杀王②藏里边。

二〇〇四年六月　云南西双版纳热带植物园

注：①盆景指盆景树，生于地上，形若盆景。
　　②杀王指绞杀树，可用地面根把邻近的树缠死。

糖　棕

光杆冲天数丈高，如同铸就绕环条。

几团球果叶间挂，绿叶如茫顶上摇。

二〇〇四年六月　云南西双版纳热带植物园

树菠萝

大若足球皮刺麻，一堆数个杈间搭。

有人喜爱难摘走，一是忒牢二怕扎。

二〇〇四年六月　云南西双版纳热带植物园

漏斗树

造山遣海地分崩，水树遗留陆上生。

雨储旱滴根自润，随机应变郁葱葱。

二〇〇四年六月　云南西双版纳热带植物园

龙神木

龙神树下不阴凉，无叶绿枝皆刺芒。
形似青龙昂首去，仙人掌处觅同乡。

二○○四年六月　云南西双版纳热带植物园

雅致柚棕

绿色舞台迎客来，新奇植物列成排。
柚棕如扇伴风舞，两米圆圆齐展开。

二○○四年六月　云南西双版纳热带植物园

注：柚棕叶如家用圆芭蕉扇，但直径近2米，地下根茎丛生，直至地面。

金鸟蝎尾蕉

金角红腰弓若鸟，整齐倒挂一条条。
红黄衬绿风中荡，恰似好多蝎尾摇。

二○○四年六月　云南西双版纳热带植物园

箬　竹

编就花裙自绕围，蝶形巨叶半空飞。
身材短胖多丰满，只是腹中有点亏。

二○○四年六月　云南西双版纳热带植物园

贝叶棕

深棕皮上嵌白鳞，顶叶无枝粗壮身。

宛若神龙钻入地，只留巨尾镇乾坤。

二〇〇四年六月　云南西双版纳热带植物园

顽　强

大树倒折已腐空，寄生之木自更生。

原型未改如白骨，状似化石一巨龙。

二〇〇四年六月　云南西双版纳热带植物园

陈圆圆①

寒女娼门露艺客，英雄救美欲同终。

兵灾祸起天朝乱，遁入岩泉②求大空。

二〇〇四年六月　云南昆明九乡岩泉禅寺

注：①陈圆圆是吴三桂之妻，他们之间有好多相关故事。
　　②岩泉指岩泉禅寺。

十八、西藏

拉萨郊外

天路已达终点，世界第一高城。
天高能有几米？蓝得极其娇浓。
如棉白云数朵，一跃似可驾腾。
风吹云变丝线，雪滚山沟河成。

二〇一五年七月二十八日　西宁—拉萨　**Z21** 次列车

大昭寺①

公主除妖建庙堂，填湖运土靠山羊。
长安请得佛祖像，佛地祈求福与康。
八廓转经绕寺外，长头朝圣在中央。
奇珍异宝藏无数，塑像风格多盛唐。

二〇一五年七月二十九日　西藏拉萨八廓街大昭寺

注：相传大昭寺处原是一个湖泊，文成公主进藏后观测到高原实为仰卧的罗刹魔女，这个湖泊是她的心脏。于是靠山羊驮土填湖，在其上建起了大昭寺镇住了魔女，使她不能再给人间降灾。寺内供奉着文成公主从长安带来的释迦牟尼 12 岁时等身镀金佛像，此地后来便成了公认的佛地。在藏语中佛称"拉"，地称"萨"，从此此地便称拉萨了。

八廓街

千米绕围千载寺[①]，花岗石道转经街。

殿堂古建两侧满，十大名街不可缺。[②]

二〇一五年七月二十九日　西藏拉萨

注：①千载寺指始建于唐朝的大昭寺。

②八廓街长千米，绕大昭寺一圈，是三条转经道（林廓、八廓和囊廓）中间的一条，每天傍晚都有自发的盛大转经活动。街道两侧商贾云集，还有清政府驻藏衙门、达赖密宫等十多处古建，是拉萨最繁华的一条街，是中国十大历史文化名街之一（其他街为：北京国子监街、平遥南大街、哈尔滨中央大街、苏州平江路、黄山屯溪老街、福州三坊七巷、青岛八大关、青州昭德古街、海口骑楼老街）。这里有很多四川人，四川话对"廓"和"角"的发音分不清，故也误传为八角街。

西江月·布达拉宫

气势磅礴殿宇，巍峨耸峙红山。万佛千塔布其间，异宝奇珍无限。　　本是文成宫殿，后为达赖家园。生活理政到归天，灵塔宫中修建。

二〇一五年七月三十日　西藏拉萨

天路风光一瞥

蓝天万里几云朵，远近丘山多雪峰。

绿地如毡河作画，牛羊片片似行营。

二〇一五年七月三十一日　拉萨—北京　Z22 次列车

那　曲

万里羌塘一重镇，史称卓岱①与羌巴②。

天寒少氧生强壮③，风土人情多义侠。

二〇一五年七月三十一日　拉萨—北京　Z22 次列车

注：①卓岱为牧业部落。

②羌巴指北方人。

③那曲海拔 4500 米，年平均气温 0 摄氏度以下，最低气温零下 42 摄
氏度，几乎全年有霜。

措那湖畔的傍晚

日将落，牛羊成群结队地沿着水边向同一方向不停地
走着。散落在蓝天边上的数朵白云，和远山一起静静地陪
伴着措那湖，迎接晚霞的到来。转瞬天地变成浑然一体，
呈现出一幅幅美丽的图案，好像是丛林、又像是湖泊、还
像是云天……

二〇一五年七月三十一日　拉萨—北京　Z22 次列车

十九、陕西

下榻西北饭店

女儿邀我到西安，八百秦川随意玩。
下榻豪华车伴旅，佳肴任选佐三餐。

二〇〇七年七月　陕西西安

西安钟楼

碧瓦飞檐复几重，雕梁画栋罩明钟。
东西南北繁华地，门券高宏四面通。

二〇〇七年七月　陕西西安

西安城墙①

砖垒土夯四千丈，隋修明扩古城墙。
城门仍有古桥吊，箭阁雕楼似画廊。

二〇〇七年七月　陕西西安

注：①西安城墙周长14公里，折合四千多丈，始建于隋朝。

回坊风情街①

鼓楼回坊赏风情，杂艺小吃难数清。
商贾云集无叫卖，笑迎游客手不停。

二〇〇七年七月　陕西西安

注：①回坊风情街在鼓楼旁边不远处。

城隍庙牌坊前思

城隍庙毁返天堂，留下牌坊为哪桩？
是否暗中还管事，雕梁画栋搞招商？

二〇〇七年七月　陕西西安

评仿古街

古都往事越千年，市井城垣多变迁。
欲仿秦唐兴土建，古今错落太难看。

二〇〇七年七月　陕西西安

太和元气坊

前池后壁蠹中央，斗拱复繁一木坊。
精巧庞然几百载，太和元气①总弘扬。

二〇〇七年七月　陕西西安

注：①太和元气是指孔子思想体现了人类思想最精华、最高贵的一面，如同天地能生育万物一般，使人类思想达到一种至高无上的境界。

碑　林

古文石典聚如林，底蕴充实汉至今。

书法百家自有体，画图诸派各含神。

玄宗御笔碑中记，时代精神石上存。

墓志石书多瑰宝，石刻艺术更奇珍。

二○○七年七月　陕西西安

注：碑林始建于宋代，收藏有从汉代至今历代著名的碑石和 3000 多块墓志，碑石如林。

大雁塔①

唐僧建塔译经篇，塌倒则天又复原。

磨嵌砖楼二百尺，盘旋梯蹬阁七间。

题名金榜皆书壁，观景券门常倚栏。

宋代虽然遭火难，至今宝塔亦宏观。

二○○七年七月　陕西西安

注：①大雁塔始建于唐高宗李治年间，是由当时的慈恩寺住持唐玄奘设计并指导和参与施工建造的，用以供他翻译和供奉、储藏他带回来的佛经佛像和舍利等，但只经三四十年就自行坍塌了。现存大雁塔为武则天重建的，是 7 层磨砖对缝的青砖塔，高近 65 米，每层 4 面都有一个拱券门洞，可凭栏远眺。当年有"雁塔题名"风俗，凡新科进士及第都要在塔内壁上题名留念，延续了近 400 年，北宋时因一场大火烧毁了塔内全部楼梯，珍贵的墨迹也付之一炬。

大雁塔之夜

入夜券门分外红，^①地灯仰照角棱清。

蓝光多束顶交错，高耸玲珑霸夜空。

二〇〇七年七月　陕西西安

注：①入夜塔内的红光会从券门中射出。

小重山·夜观音乐喷泉

雁塔传出九杵钟。夜空鸣礼炮，起歌声。万支水柱顿腾空。翩翩舞，雨幕衬花灯。　　歌舞变无穷，高昂粗犷后，是柔情。纵观百米浪逐峰。喷泉外，万众正欢腾。

二〇〇七年七月　陕西西安大雁塔文化广场

秦始皇

统一华夏始称皇，封建王朝定大纲。

万里长城已永固，千年绝技^①更流芳。

首行标准修驰道，独创集权立法章。

千古一君功显赫，坑儒之讹太荒唐^②。

二〇〇七年七月　陕西西安秦兵马俑博物馆

注：①千年绝技是指秦俑坑出土的文物中有的制造工艺技术已达到了现代水平，有的甚至现在都很难实现，例如铜车马伞盖的铸造等。
②所传"焚书坑儒"不是事实。据考证，公元前 213 至公元前 212 年间。秦始皇推行中央集权制，有一些原分封制既得利益的儒生极力反对，利用书籍大力制造舆论、煽动社会。秦始皇为了维持新政，将民间流传的有关反动书籍焚毁，国家藏存的和除此以外的农工、医药等书籍均保存完整。同时活埋了 461 名死不悔改的带头儒生。

这是在社会进步过程中一场严肃的政治斗争，秦始皇何罪之有？

秦兵马俑主力军阵（一号坑）

一坑十万尺，藏匿九千兵。

队列纵横布，车兵交错行。

提弓为阵表，杖戈是中锋。

坚守两千载，不独项羽惊！

二〇〇七年七月　陕西西安秦兵马俑博物馆

秦兵马俑攻坚阵[①]（二号坑）

弩兵跪立射轮番，就像如今炮在先。

随后骑兵敌阵踏，紧跟武士占营盘。

战车滚滚荡顽寇，壁垒纷纷换号幡。

疏阵随机多变化，强秦统战可攻坚。

二〇〇七年七月　陕西西安秦兵马俑博物馆

注：①攻坚阵也称疏阵。

秦兵马俑军幕（三号坑）

执杖提缰待帅还，威严武士护车边。

北厢卜定南厢令，帷幄运筹决战前。

二〇〇七年七月　陕西西安秦兵马俑博物馆

注：据考察此坑为指挥部，即军幕。有武士护卫的指挥车，有卜算处和作战指挥部。

秦代铜车马①

结构繁杂技艺精，加工之术探难明。

车钳铆铣都应有，铸造拔丝今日同。

二〇〇七年七月　陕西西安秦兵马俑博物馆

注：①铜车马是按实物二分之一的比例制造的，有3462个零部件。制造技术非常高超，只有使用现代的车、钳、铆、铣、冲压、焊接、抛光等工艺设备及工具才能制造出来，有的至今还很难推测出是怎样制造的。如铜车马伞盖的铸造方法等，所用的表面防腐技术1937年德国才发明出来，缰绳是用0.5毫米直径的铜丝编拧而成，铜丝的拔模应该与现在的相同……这一切都很让人难以理解。

骊山华清池

五色石焚骊马身，神山留下女娲坟①。

秦宫汉殿唐楼阁，泉水御池古柏林。

双色芙蓉争斗艳，九龙堤榭共喷吟②。

高腔舞影水空荡③，烽火云台耳目新④。

二〇〇七年七月　陕西西安临潼

注：①传说骊山老母就是炼五色石补天的女娲，骊山有女娲坟。
②贵妃池外面是九龙湖，周围堤壁上镶嵌着九个喷水龙头。
③湖中水面上有一精美戏台，高亢的秦腔是当地最流行的剧种。
④山顶上视野开阔，有烽火台，传说是周幽王与爱妃褒姒"烽火戏诸侯，一笑失天下"的典故发生地。

华清池史话①

幽王②沐浴骊宫汤，秦汉隋唐侍帝王。
褒姒③展眉生战火，玉环④伴驾起兵荒。
拱石难隐委员长⑤，抗日揭开新乐章。
往事诸多存殿宇，骊山秀水史诗藏。

二〇〇七年七月　陕西西安临潼

注：①在华清池发生过很多历史典故。
②幽王指周幽王。
③褒姒为周幽王爱妃。
④玉环即杨玉环，是唐玄宗李隆基的贵妃。
⑤委员长指蒋中正。

法门寺①

汉塔传称阿骨王，复兴唐宋帝焚香。
地宫珍宝千余件，世界奇闻十几桩。
灵骨真身又幸世，法门圣地更辉煌。
坐佛四面高十丈，头顶佛光呈瑞祥。

二〇〇七年七月　陕西宝鸡扶风

注：①法门寺始建于东汉，唐、宋时是皇家寺院。寺院前有一尊高大的坐佛，东南西北四方都有不同的面容，分别是释迦牟尼佛、卢舍那佛、阿弥陀佛和药师佛。

乾　陵①

踏水仰天头枕山，乳峰左右耸胸前。

壮观古建布一县，精美唐雕置满园。

盗宝黄巢②奇剑损，窥棺少女③异功传。

阴阳合秀眠双帝，夫妇同杰垂万年。

二○○七年七月　陕西乾县

注：①乾陵是唐高宗与武则天的合葬墓，一陵葬二帝之墓是世界上绝无仅有的。墓址是星象家袁天罡和风水大师李淳风分别不约而同选中的，因其方位在长安西北，八卦中属乾方，故称乾陵。整座墓就像一位仰卧在大地，头枕梁山、脚踏渭水，双乳高挺、秀发飘拂的睡美人。

②"盗宝黄巢"是指黄巢盗墓的故事。史上乾陵有很多盗墓者均未得逞，其中以黄巢盗墓规模最大，现仍存有深四十米的黄巢沟。

③窥棺少女是指1987年，当地政府和博物馆邀北京一少女透视乾陵地宫，据说她有特异功能。（我觉得有点好笑）

无字碑前感

高碑螭罩巨龙攀，未记姑婆①半句言。

宏拓贞观②始武曌③，孕生盛世到开元④。

定夺天下⑤求发展，留给后人随意谈。

旷世之才多自信，名垂千古字难全。

二○○七年七月　陕西乾陵

注：①姑婆是当地对长辈妇女的尊称，百姓称乾陵为姑婆陵。

②贞观是唐太宗李世民的年号。

③武曌即武则天。

④开元是唐玄宗李隆基的年号。

⑤定夺天下是指武则天夺权称帝。

乾陵石狮

乾陵门外守双狮，蹲坐前肢撑挺直。
昂首龇牙开阔口，卷毛欲抖展雄姿。

二○○七年七月　陕西乾陵朱雀门外

乾陵碑前遐想

英烈高宗多病身，依托武后展其神。
如鱼得水成杰帝，如日中天拜善①君。
夫唱妇随成大业，莺歌燕舞盛唐吟。
千秋二帝归同穴，何意清碑②记一人？

二○○七年七月　陕西乾陵

注：①善是善良、美好之意，高宗李治字为善。
②清碑指清乾隆年间陕西巡抚毕沅所立《唐高宗乾陵碑》。

观黄河壶口瀑布有感

神山圣水入龙川，咆哮奔腾永向前。
哺育中华魂附体，震惊世界五千年。

二○○七年七月　陕西宜川壶口瀑布

壶口瀑布

游龙万里到秦川，峻岭合围欲阻拦。
怒向山间冲下去，穿峡滚泄荡黄烟。

二○○七年七月　陕西宜川壶口瀑布

黄河之歌

天水飞流难阻拦，顽石渐渐变层岩。[①]
腾翻云浪扬长去，一路高歌一路川。

　　　　　　二○○七年七月　陕西宜川壶口瀑布

注：①瀑布两侧的石岩被冲刷得都变成一层一层的了。

黄帝陵前颂

游牧炎黄姬水边，蚩尤侵掠被全歼。[①]
车船乐历行天地，玉宇蚕宫展世间。[②]
开创文明尊始祖，统一华夏拜轩辕。
桥山顶上辞民去，百又十八是享年。

　　　　　　二○○七年七月　陕西黄陵县黄帝陵

注：①黄帝生活在姬水边，姓姬和公孙，名轩辕，叫公孙轩辕，因以土
　　德王天下，土为黄色，故称其为黄帝。炎帝与黄帝联合战败蚩尤，
　　统一了华夏，黄帝成为了中华民族的始祖。
　　②"车船……展世间"两句是指黄帝时开始以玉为器，造舟、车、
　　弓、矢、指南车，养蚕造字，创造干支历法，制作乐器，建筑宫
　　殿等。

黄帝手植柏

黄帝手植柏，参天守墓前。
七拃八另半[①]，苍翠五千年。

　　　　　　二○○七年七月　陕西黄陵县黄帝陵

注：①七拃八另半是陕西地方话语音，是树径很大的意思。

200

拜 堂

玉柱十根各四方，方檐缓缓入圆窗。
高亭宽大收天地，我祖轩辕受祭堂。

二〇〇七年七月　陕西黄陵县黄帝陵

黄帝庙

八万千年柏，万人一拜坪。
过亭佐正殿，祭祀在巅峰。
祭颂旌旗舞，拜瞻钟鼓鸣。
洋洋十几亿，共奉祖皇灵。

二〇〇七年七月　陕西黄陵县黄帝陵

注：黄帝庙所在的桥山上有八万多棵古柏，其中有六万多棵树龄千年以上。山顶的拜坪可同时容纳万人祭拜。

黄帝脚印

悠悠华夏立东方，初祖天龙地上皇。
始建文明成一统，犹留脚印在陵旁。

二〇〇七年七月　陕西黄陵县黄帝陵

武帝祈仙台

武帝北征夸凯旋，天台高筑祖陵前。
拂云踏柏[①]祈长寿，可见三城[②]灯火阑。

二〇〇七年七月　陕西黄陵县黄帝陵

注：①拂云踏柏是脚踏柏树抚摸云彩之意，形容很高的地方。

②三城指洛川、宜君、正宁三县城。

陕西景观略记

可观母系七千年，参拜炎黄有祭坛。①
钟鼓楼边狂闹市，慈恩寺外看喷泉。
石书②佛指世间少，唐塔明墙古迹全。
古刹帝陵兵马俑，华山壶口更奇观。

二〇〇七年七月　陕西西安

注：①第一句指半坡博物馆，第二句指黄帝陵。
　　②石书指碑林，佛指为释迦牟尼的手指骨（舍利子）。

二十、甘肃

兰州掠影（一）
——黄河

黄河①之水自天来，经过刘家②亦清白。

一入兰州黄土地，是泥是水辨不开。

二〇一五年八月一日　拉萨—北京　Z22 次列车

注：①黄河源头在海拔 3000 米以上的青藏高原，故喻称自天来。

②刘家指刘家峡水库，在兰州西黄河上游 75 公里处。

兰州掠影（二）
——市区

高原交汇处，围困少通风。

工矿今虽少，仍常雾锁城。

二〇一五年八月一日　拉萨—北京　Z22 次列车

兰州掠影（三）
——郊外

黄山秃岭土房矮，屋内能存几个钱？

小路蜿蜒虽险要，兰州城外却蓝天。

二〇一五年八月一日　拉萨—北京　Z22 次列车

敦　煌

敦煌古意大而盛，借得谐音做地名。
古往东西必过处，高窟①更让世人惊。

二〇一九年八月十七日　甘肃敦煌

注：①高窟指莫高窟。

参观莫高窟

戈壁宕河①尘作幕，河东隐隐见塔林。
旱河西岸牌坊后，待览石窟人挤人。

二〇一九年八月十七日　甘肃敦煌莫高窟

注：①宕河除雨季之外都无水，故也被称为旱河。

莫高窟

莫高山壁隐石窟，藏宝千年众者修。
修者何年多少洞，至今考古仍研究。

二〇一九年八月十七日　甘肃敦煌

注：莫高山顶部与鸣沙山相连，此处亦多黄沙。

情景剧

敦煌艺术无伦比，佛教主题道士营①。
瑰宝遗失超五万，悲欢故事剧中情。

二〇一九年八月十八日　甘肃敦煌

注：①道士营意为由道士经营、管理。

鸣沙山

晴鸣沙岭千波涌，翻浪黄涛万仞生。①
人戏山间沙下落，天工一夜复成峰。

二〇一九年八月十八日　甘肃敦煌

注：①前两句的意思是天气晴朗、无风沙静时，沙山会发出丝竹管弦之
音，称为沙岭晴鸣。整座山的沙面均呈水波状，山体较平缓，有好多像浪涛
的峰峦，但峰端都像刀刃一样锋利笔直。

晒心情
——外孙女的心思

爸爸专心帮姥姥，无暇管我任逍遥。
骆驼前面忙摆拍，晒晒心情我自高。

二〇一九年八月十八日　甘肃敦煌

骑骆驼游沙山

鸣沙山上蜿蜒路，上下往来骑骆驼，
行到高坡身影远，金峦叠嶂竞婀娜。①

二〇一九年八月十八日　甘肃敦煌鸣沙山

注：①后两句的意思是，骑着骆驼在高高的山坡上，太阳照出的身影在
山坡上显得特别长。层层的金色峰峦非常美丽、壮观。

溜　沙①

风驰电掣飞飘下，两耳隆隆闻鼓声。
忐忑心情还未定，黄沙静静已然停。

二〇一九年八月十八日　甘肃敦煌鸣沙山

注：①溜沙是从山顶乘坐一块专用板沿陡峭的山坡向山下自由溜下。

沙泉共处

沙山环抱一清泉，形若月牙水映天。

芦苇楼台杨柳伴，名标天下两千年。

二〇一九年八月十八日　甘肃敦煌鸣沙山

月牙泉边仨英雄

雌雄分体胡杨树，旱柳西迁谢左公①。

沙枣树旁风沙少，抗沙三位大英雄。

二〇一九年八月十八日　甘肃敦煌鸣沙山月牙泉

注：①左公指左宗棠，据说旱柳是他带兵西征时，沿途栽植的。胡杨、旱柳和沙枣树都很耐旱，能抗风沙。

遥望雄关

老妪七十六，攀登嘉峪山。

东闸门内秀，遥望古城关。

二〇一九年八月十九日　甘肃嘉峪关

注：嘉峪雄关建在嘉峪山上。

文昌阁

关城东侧文昌阁，道观为型墨客多。

清末文官公办处，"威宣中外"一横额。

二〇一九年八月十九日　甘肃嘉峪关

严阵以待

关西古战场，关内城中城。
马炮巧分布，待击侵略兵。

二〇一九年八月十九日　甘肃嘉峪关

嘉峪雄关

千关之首雄为冠，扼守祁连黑岭间。
嘉峪山巅高建起，耗时百六又八年。

二〇一九年八月十九日　甘肃嘉峪关

注：万里长城有千座城关，其中嘉峪关最为雄伟，建造了168年。

金张掖

色彩斑斓地貌美，汉朝设郡富称金。
西游故事始于此，迎送丝绸路上人。

二〇一九年八月二十日　甘肃张掖

注：张掖有美丽的丹霞地貌，因其在西部属于较富裕地区，故称金张掖。这里有比《西游记》成书还早200多年的西游记壁画，有很多与西游记有关的民间故事和自然现象，还有很多地名与《西游记》小说中相符，因此说吴承恩创作的《西游记》与张掖有着千丝万缕的渊源关系。张掖也是古丝绸之路的必经之地。

美丽丹霞

彩带满山飘若舞，憨龟跃跃向长空。
奇峰百态互争秀，异貌千姿竞不同。

二〇一九年八月二十日　甘肃张掖丹霞口地质公园

睡美人

多彩锦床蓝色帐，下凡仙女睡安然。

深情凡客常关照，睡醒还需多少年？

二〇一九年八月二十日　甘肃张掖丹霞口地质公园

我要登攀

山河锦绣风光美，快乐学童爱自然。

遥望峰峦多锦绣，热身决意到山巅！

二〇一九年八月二十日　甘肃张掖丹霞口地质公园

裕固族之乡

祁连深处风光美，快乐生活裕固族。

语言独特无文字，故事传说是尧呼儿。

二〇一九年八月二十日　甘肃张掖肃南

注：原来裕固族自称为尧呼儿，1953年经本民族代表协商、人民政府批准，确定用与尧呼儿发音相近的"裕固"为民族名。

大佛寺

始建夏国明复建，西游故事有雏形。

金经、《北藏》世间宝，安卧大佛天下惊。

二〇一九年八月二十一日　甘肃张掖大佛寺

注：大佛寺始建于西夏国，大殿内有很多珍贵的壁画，其中有一幅约13平方米的西游记故事壁画，比《西游记》成书早了200多年。另外还保存着最完整的《北藏》佛经和般若金经，并有亚洲最大的卧佛，身长约35米，耳朵上就能并排坐8个人。

张掖湿地公园

城郊湿地两万亩，水域沼泽十有八。
生物寄居三百种，天鹅芦苇伴荷花。

二〇一九年八月二十一日　甘肃张掖湿地公园

美在湖边

睡莲芦苇两相伴，风荡芦花水荡莲。
老妪桥边多惬意，花开如在我心间。

二〇一九年八月二十一日　甘肃张掖湿地公园

亲近自然

湿地漫游一学生，千姿百态晒心情。
鲜花一片多烂漫，正在陪她随意疯。

二〇一九年八月二十一日　甘肃张掖湿地公园

忙碌的人

湿地风光好，偷闲放放松。
夫妻大步走，何故不从容？

二〇一九年八月二十一日　甘肃张掖湿地公园

张掖名吃

张掖名吃炒炮仗，实为粗短面条条。
搓鱼变得一端细，荤素炒来试比高。

二〇一九年八月二十一日　甘肃张掖

平山湖大峡谷

大山环抱丘如浪，鬼斧神工雕秀峰。

罗汉将军高处坐，九龙奔向水晶宫。[①]

二〇一九年八月二十二日　甘肃张掖大峡谷地质公园

注：①后两句是指罗汉峰和九龙闹海两个景观。

二十一、青海

塔尔寺[①]

黄教母亲建塔屋，初始礼佛明洪武。
金瓦神龛绝艺藏，依山巧布六百亩。

二〇一五年七月二十五日　青海西宁湟中

注：①塔尔寺是藏传佛教格鲁派创始人宗喀巴的诞生地，他降生后剪脐带滴血的地方长出了一棵白旃檀树，人们按他所示建石塔将树和他寄来的狮子吼佛像包藏起来，而后又建了寺庙，因先塔而后庙，人们便称此寺为塔尔寺了。塔尔寺的壁画、堆绣和酥油花被誉为艺术三绝。

油菜花海

黄地蓝天汇远山，白云几朵嵌山间。
微风暗荡清香浪，时有蜂群过眼前。

二〇一五年七月二十六日　青海海北门源

美不胜收

蓝天由近及远，直至山后云间。
起伏黄绿花格美，贪吃牛羊一片。

二〇一五年七月二十六日　青海海北门源

211

日月山

二八少女嫁松赞，回首泪垂日月山。

西牧东农两世界，怒摔宝镜永没还。

二〇一五年七月二十七日　青海西宁湟源

注：据说当年唐太宗为促进汉藏友好，将自己的宗室女儿文成公主许配给了藏王松赞干布，由江夏王李道宗和藏相禄东赞陪同一路西行。唐太宗送给女儿一面日月如意宝镜，告诉公主想家时就打开宝镜，便可从里面看到家乡和父母，此镜交给藏相禄东赞保存。行至赤岭，公主登上乳峰发现山的西边草漠无边，连棵树都没有，回望东面村落点点、稼禾片片，不禁潸然泪下，思念起家乡和亲人来了，便要父皇给她的宝镜一看。但藏相禄东赞怕公主看到宝镜中的景色和亲人后不想前进了，便暗中将宝镜换成石刻的日月镜给了公主，公主一看宝镜中什么也没有，便以为父皇薄情，欺骗了她，顿时泪流满面，怒摔手中宝镜，毅然向西而去。自此赤岭便改称日月山了。

眺望青海湖

水色深蓝天略浅，层波荡漾动蓝天。

举头几朵白云美，远望天边怒云翻。

二〇一五年七月二十七日　青海青海湖

青海湖畔

天边云欲怒，水面特别平。

景色湖边美，单车路上行。

二〇一五年七月二十七日　青海青海湖

注：青海湖东岸近水处是沙滩，竖立着很多五色风马经幡，沙滩外有千亩油菜花。青藏公路沿油菜花海笔直地向西而去，此段公路是环青海湖自行车赛道的一部分。

二郎剑

西海瑶池涌大泉，悟空治水战杨戬。

为压泉眼动圆山，一棒打掉二郎剑[①]。

二〇一五年七月二十七日　青海青海湖二郎剑

注：①关于二郎剑，有一个孙悟空大战杨二郎的神话故事。

青海风光

三大高原交汇处，三江之水此发源。[①]

藏佛传教塔尔寺，公主回眸日月山。

青海环湖皆胜境，蓝天万里几云团。

黄花铺地连山雪，故事多多天下传。

二〇一五年七月二十八日　青海西宁

注：①青海省是青藏高原、内蒙古高原和黄土高原的交汇地，也是长江、黄河与澜沧江的发源地。

拜天行前思

七旬犹可任寻乐，因有天公暗助威。

我待登天去感谢，不知是否让归回？

二〇一五年七月二十八日　青海西宁火车站

二十二、新疆

新疆游

久慕盛名今到此，新疆大美看难全。
吐番乌市阿勒泰，走马观花八九天。

二〇一九年八月二十三日　新疆乌鲁木齐

国际大巴扎

乌鲁木齐好去处，全球之最大巴扎①。
民俗歌舞饮食美，商品特全多土杂。

二〇一九年八月二十三日　新疆乌鲁木齐

注：①大巴扎是集市贸易之意。

一路风光

乌市到吐番，天山一路伴，
山光无限美，头顶一片蓝。

二〇一九年八月二十四日　新疆乌鲁木齐至吐鲁番途中

214

吐鲁番的名片

葡萄名片传天下，唯有中国吐鲁番。

游客慕名来此处，还需沟里①去参观。

二〇一九年八月二十四日　新疆吐鲁番

注：①沟里指葡萄沟，是吐鲁番的名片，宽 500 多米，长约 8 公里，有 400 多公顷土地，大多种植着葡萄，有 10 多种。沟里居住着维吾尔族、回族、汉族居民近 7000 人，建有宾馆、民宿、饭店等。主要景观有民俗博物馆、世界最大的馕坑、西部酒城、民俗村、葡萄晾房，可在此观赏体验达瓦孜高空表演和瓜果采摘、品尝等活动。

火焰山①

烈日当空晒大地，红红火焰满山燃，

孙猴不借芭蕉扇，谁敢参观火焰山。

二〇一九年八月二十四日　新疆吐鲁番

注：①火焰山是一座像燃满火焰的山，在《西游记》中有一段关于火焰山的神话故事。

神密的阿勒泰

金山陪伴哈萨克，滋润生活倒淌河。

首创橇滑棉雪地，宝石稀土蕴藏多。

二〇一九年八月二十五日　新疆阿勒泰

注：阿勒泰居住着很多哈萨克族人，阿勒泰山盛产黄金、稀土和宝石。这里的额尔齐斯河是我国唯一的一条向西和北流入北冰洋的倒淌河。山体的岩画上记载着这里的先民早在 1 万多年前就使用滑雪板狩猎了，是世界公认的人类滑雪起源地，这里的积雪厚度平均为 2 米，雪期近 180 天。

可可托海地址陈列馆

俄式小楼藏历史，为挖稀土巧夺争。

如今自主挖宝矿，惊世奇石镇馆中。

　　　　　二○一九年八月二十五日　新疆阿勒泰富蕴县

注：可可托海三号矿脉是 1935 年被苏联发现的，并于 1941 年开采，1955年归还中国。1978 年在三号矿脉中发现一块晶莹剔透的新矿物，世界独一无二，被国际矿物命名组织命名为"额尔齐斯石"。

国家宝藏三号矿脉

世间元素十有六，稀土宝石结作坨。

两弹一星贡献大，为国还债四成多。

　　　　　二○一九年八月二十五日　新疆阿勒泰富蕴县

注：三号矿脉蕴藏的元素种类占所有元素的百分之六十，以稀有金属为主，其中还有一种世界新物种额尔齐斯石。此矿是苏联发现的，是特大的稀有金属矿，苏联人以三为大，故命名为"三号矿脉"。三号矿脉的历史时间表如下：

1935 年苏联发现，

1941 年苏联开采，

1949 年中苏合营，

1955 年归还中国，

1958 年露天开采，

1959 年用矿石还苏联外债，

1975 年建成地下水电站，

1999 年闭矿停采，

2008 年开矿复采。

布尔津

县城不算大，便利不繁华。

建筑景观美，八方直可达。

二〇一九年八月二十六日　新疆阿勒泰布尔津

富蕴大峡谷

树少草多马壮，天蓝水绿山秃。

奇石怪岭处处，此地河水倒流①。

二〇一九年八月二十六日　新疆阿勒泰

注：①"水倒流"指额尔齐斯河，是我国唯一一条向西和北流入北冰洋的河流。

哈纳斯风景区

湖如弯月一蓝镜，旁伴高高峰顶亭。

放眼四周皆画意，青山秀水尽诗情。

二〇一九年八月二十七日　新疆阿勒泰布尔津

登　峰

夫妇七十五，决心上顶峰。

老来志未减，努力永攀登。

二〇一九年八月二十七日　新疆阿勒泰布尔津县哈纳斯

注：哈纳斯湖西岸的山峰顶上建有观鱼亭，传说湖中有湖怪。沿南麓登山有 1068 级台阶。

二十三、台湾

彩虹眷村

蒋公败退台湾岛，百万国军屯矮房。

晚上满屋光棍挤，白天各处苦工忙。

曾经抗日多英勇，结果来台难自强。

无奈老兵挥画笔，眷村从此远名扬。

二〇一六年五月十三日　台湾台中市

注：当年随蒋介石败逃台湾的有160多万人，其中有80万军人，眷村是给军眷和退伍军人建的临时安置点，都是单砖垒砌的低矮平房，房顶是在铁三角上铺一层瓦，极其简陋，共建了900多个这样的安置点。因无力反攻大陆，也无力重新安置军人，就变成他们的永久住房了。有的一住就是几十年，有的住了两三辈，宋楚瑜和邓丽君等都是从这里走出去的。其中有一位国民党空军飞行员，负伤后独居眷村，晚年生活苦闷，86岁时开始在室、内外作画，无意中创造了一个色彩缤纷的热门景点"彩虹眷村"，人们都称他为彩虹爷爷。2016年我去参观时他仍身体健壮，对客人很热情。

日月潭①

故事传说美，可惜原景无。

倭贼建电站，河谷改成湖。

绿水青山在，自然景色殊。

台湾美景少，此属第一族。

二〇一六年五月十三日　台湾南投县

注：①日月潭原为两个独立湖面，北面的形如太阳，南面的形如弯月，有大尖哥与妻子水社姐努力杀死两条掠走太阳和月亮的恶龙，夺回太阳和月亮的神话故事。但原景在日本侵占时期已被破坏，为建水电站修了一座大坝，蓄水量加大，连成了一个大湖，日月潭已不复存在。

鹿港小镇

各式习俗今胜昔，庙神坐轿满街游。
煎炸食品路边满，除了庙堂无景收。

二〇一六年五月十四日　台湾彰化县

注：鹿港小镇有 20 座庙宇，最早的是 1591 年建造的，还有 2002 年建造的。庙宇上空香烟缭绕，遮天蔽日。

鹿港小吃（一）

凤梨酥，状元饼，鲁肉蛋黄酥彩头。芋头千层糕，还有地瓜球。

二〇一六年五月十四日　台湾彰化县

鹿港小吃（二）

蚵仔煎，炸虾猴。炒茶羊肉配抄手，肉包品质优。

二〇一六年五月十四日　台湾彰化县

神仙串门

镇小神仙多，经常互做客。
巡游坐轿中，街巷都经过。

二〇一六年五月十四日　台湾彰化县鹿港

注：鹿港是 8 万人口的小镇，却有 20 座庙宇，各庙的神经常互访巡游，巡游时锣鼓喧天，声势浩大，文臣武将的塑像跟在八抬大轿后面，全副銮驾迤逦前进，浩浩荡荡，銮驾人统一着装，沿途有为他们准备的点心和茶水，还有善男信女在路边跪着迎驾……

垦　丁

垦丁是土语，台湾最南端。
山海自然美，适合走马观。

二○一六年五月十五日　台湾台南

垦丁小吃

蚵仔煎，煎虾猴，飞鱼鱿鱼满街头。统统都过油。
灌汤肠，香酥饼，石板烤肉原地兴。其他大陆同。

二○一六年五月十六日　台湾台南垦丁

花莲民宿

民宿实为家旅店，峇里情人在花莲。
设施尚可乡间美，当晚能约明日餐。

二○一六年五月十七日　台湾花莲

清炖牛肉冠军面

台东寿丰新社村，特好东兴牛肉面。
一品方知名不虚，评为台北面之冠。

二○一六年五月十七日　台湾花莲

注：2014 年东兴清炖牛肉面曾被台北市民评为最好吃的牛肉面，当时的台北市长郝龙斌为其签发了"冠军面"奖杯。

出海赏鲸

太平洋上赏豚鲸，海面藏蓝无尽穷。
鲸跳鱼飞欲拍摄，东歪西倒却不行。

二〇一六年五月十八日　台湾花莲

飞　鱼

鱼飞没见过，不敢乱追随。
海面如今现，鱼儿正竞飞。

二〇一六年五月十八日　台湾花莲

七星潭

名曰七星潭，实是大洋边。
绿浪卷成筒，雪堆涌上天。

二〇一六年五月十八日　台湾花莲

注：清朝时在一处低洼地有 7 个大小不等的湖泊，人称七星潭。日本侵占时把居民强行迁走建了飞机场，原居民思旧，把新入住的地方（现在的七星潭处）仍叫七星潭，但真正的七星潭早已物人皆非了。现在这里有连续 20 多公里长、宽度 100 多米的平坦海岸线，铺满了像栗子、鸡蛋般大小，颜色不一，形状各异的砾石。不时地从太平洋上扑来巨浪，景观极其壮丽。

清水断崖

老天抡巨斧，劈断一片崖。
挺立大洋岸，狂涛撞作花。

二〇一六年五月十九日　台湾花莲

淡水① 风光

台北北面略偏东，海岸河边一座城。
淡水风光海作美，人文史迹却无名。

二〇一六年五月十九日　台湾新北市

注：①淡水只有一条始建于1858年的商业老街。

蒋公败逃

蒋公①败北到台湾，国宝黄金带得全。
藏宝中山博物馆，黄金已用几十年。

二〇一六年五月二十日　台湾台北

注：①蒋公指蒋介石。

忠烈祠

百年历史国民党，败北台湾自作歌。
抗日反清加剿共，功德史迹任其说。

二〇一六年五月二十日　台湾台北

提个醒儿

景点不多炒夜市，台湾各地猛忙活。
三高食品满街是，重点品尝切莫多。

二○一六年五月二十日　台湾台北

台湾购物

购物环境两岸同，名牌商品亦同宗。
普通服饰多大陆，日本南韩混其中。

二○一六年五月二十一日　台湾

二十四、梵蒂冈

将游欧洲机待发

欧洲游览六国家，爱女相陪机待发。

此举迟来心亦盛，我和老伴乐开花。

二○○九年九月　北京首都机场

梵蒂冈城国

地比故宫①小，国家几百民。

国王即教主，天主是其身。

政教为一体，教徒十亿人。

旅游收益大，全靠彼得神。

二○○九年九月　梵蒂冈

注：①故宫指北京紫禁城。

圣彼得广场①

四层巨柱巧围圆，殉道像雕排顶端。

宏伟教堂门外院，方尖碑立院中间。

二○○九年九月　梵蒂冈

注：①圣彼得广场是梵蒂冈城国的主建筑，位于圣彼得大教堂正门外。广场周围呈半圆形的长廊里有4列共284根巨柱，长廊顶上排列着高3米多的142尊罗马天主教会殉道者大理石雕像。广场中央矗立着方尖碑，碑高25.5

米，重 320 吨，是公元 40 年从埃及运来的。

圣彼得大教堂①

名石雕筑起，十字展其身②。

富丽至极殿，恢宏最大坟。③

教堂未面世，巨匠几无魂④。

十亿教徒奉，基督第一门⑤。

二〇〇九年九月　梵蒂冈

注：①圣彼得大教堂于 1626 年落成，建造周期长达 120 多年。

②十字展其身意为教堂平面呈十字架形状。

③第三、四句意指教堂最初是在圣彼得墓地上修建的，复建后成为世界上最大的教堂。

④巨匠几无魂意为教堂建设者中大师级艺术家很多，其中有五位死于建设中。

⑤基督第一门意为圣彼得是基督第一门徒，在此殉道。

二十五、意大利

角斗场

两万平方巧设计，椭圆石垒四层级。
旗杆竖起布篷顶，沙场狂争血染衣。
尸骨征衣藏地窖，樊笼运兽有玄机。
看台九万坐观众，世界入围八大奇。

二〇〇九年九月　意大利罗马

真实之口

河神头像若雕盘，正气威严眉宇间。
方口微张能辨假，游人广聚探真言。

二〇〇九年九月　意大利罗马科斯梅汀圣母堂

注：传说将手伸进头像嘴里时如果不讲真话，手就会被咬掉。情侣们多来此测试对方的心意。此地还流传着一对偷情者相互配合，躲过真实之口测试的故事。

许愿池

碧池映照海神宫，公主①池边暗许情。
背向池中抛硬币，孤儿院里可闻声。②

二〇〇九年九月　意大利罗马

注：①公主是指电影《罗马假日》中的安妮公主。

226

②最后一句意为游客多来此投币许愿，池中硬币成堆，每周清理一次，用作孤儿院的救助金。

破船喷泉

闻名世界大阶①前，一代名师②造破船。

碧水潺潺船上泄，百思未解③内中涵。

二〇〇九年九月　意大利罗马

注：①大阶指罗马城中的西班牙大台阶。
②名师指意大利16世纪建筑巨匠贝尼尼。
③百思未解的是为什么破船中水位高于船外，根据经验，有违水大漫不过船的道理。

西班牙台阶

罗马繁华地，破船喷水急。

鲜花伴画像，游客坐阶梯。

高处舞姿美，前街商品齐。

因何来这里？寻找小俏皮。

二〇〇九年九月　意大利罗马

注：西班牙台阶是1752年建的，因临近西班牙使馆而得名。前面是水道商业大街，顶端是舞场。台阶上有很多卖鲜花和画像的小摊。这里是电影《罗马假日》中俏皮的赫本闲逛处。

比萨饼

面饼薄薄酱料涂，海鲜肉菜随意烀。

撒匀乳酪上炉烤，烀饼外形唯馅粗。

二〇〇九年九月　意大利比萨

注：意大利比萨饼的结构和中国的烀饼差不多。

比萨大教堂[①]

彩石雕筑世间稀，历经千载亦称奇。
更因发现摆原理[②]，世界知名再奠基。

二〇〇九年九月　意大利比萨奇迹广场

注：①比萨大教堂是 1092 年建成的，位于奇迹广场。
　　②摆原理是指伽利略在此做礼拜时，受吊灯启发提出了摆原理。机
械时钟就是依此设计的。

比萨斜塔[①]

八层十六丈，雕柱廊外屏。
通体白石筑，百年才建成。
天生斜欲倒，地震晃难倾。
成功一试验，斜塔更扬名。

二〇〇九年九月　意大利比萨

注：①比萨斜塔通体为白色大理石，是 1174 年始建，建至三层时因倾斜
而停工，96 年后复建，1350 年建成，偏离中心 2.1 米。伽利略在此做了自由
落体试验。1972 年大地震，使塔身大幅度强烈摇晃 22 分钟，仍巍然屹立。现
在塔顶已离开中心 5.1 米。

圣母百花大教堂

圆顶恢宏最百花[①]，教堂内外俱豪华。
诵经可纳人三万，更有乔托[②]陪伴她。

二〇〇九年九月　意大利佛罗伦萨

注：①最百花意为百花大教堂的橘红圆顶是世界最大。

②乔托是建筑家，此大教堂钟楼的设计者。故此钟楼名为乔托钟楼。

旧　宫①

佛罗伦萨旧王宫，古堡方楼气势宏。

大卫②忠诚门外守，祖国之父③是财东。

二〇〇九年九月　意大利佛罗伦萨

注：①旧宫是古佛罗伦萨共和国国政厅。

②大卫是米开朗琪罗雕塑的圣经人物裸身像。

③祖国之父是指柯西莫·美第奇，古佛罗伦萨国实际统治者，欧洲最富有之人。

圣十字教堂

哥特风格一教堂，著名雕绘广收藏。

但丁①雕像门前立，广场僧房伴久长②。

二〇〇九年九月　意大利佛罗伦萨

注：①但丁是文学家。

②教堂前是佛罗伦萨最古老的广场和僧房庭院。

眺望教堂和海关

岸边遥望几排楼，华丽教堂穹顶头。

红色海关形状美，犹如雕画在漂流。

二〇〇九年九月　意大利威尼斯

圣马可广场①

市政教堂博物馆，如雕建筑立周围。

欢鸽结伴追游客，名店成排煮咖啡。

贵贱人群多笑意，自由之地少伤悲。

中心揽胜游人聚，政教融合总相陪。

二〇〇九年九月　意大利威尼斯

注：①圣马可广场周围分别是圣马可教堂、总督府、克雷尔博物馆、旧市政厅、钟楼和各式各样的精品商店、酒吧、咖啡厅等。

圣马可①大教堂

东西合璧名石筑，雄伟壮观金教堂②。

存放圣人遗体处，驾狮马可保吉祥。

二〇〇九年九月　意大利威尼斯

注：①圣马可是圣经《马可福音》的作者，是威尼斯的护城神。
　　②教堂圆顶内部的浮雕上，镶嵌着金箔，有"黄金教堂"之美称。

贡多拉

尖翘两端身细长，蓝黑漆体浆金桩。

划船老大爱歌舞，小巷穿梭待客忙。

二〇〇九年九月　意大利威尼斯

注：贡多拉是一种小船，威尼斯城内主要交通工具。城内船主现以游船为主业。

里亚托桥

名剧《商人》主背景，拱桥两侧客商多。
浮亭高处凉风过，盛夏犹如入冰盒。

二〇〇九年九月　意大利威尼斯

注：里亚托桥是威尼斯桥梁之一，莎士比亚名剧《威尼斯商人》的主背景。桥中间浮亭内夏季非常凉爽，有"威尼斯冰盒"之称。

总督府

巨人梯上塑双神[1]，楼内金梯通六门[2]。
壁画塑雕装饰美，《天堂》长卷世独尊[3]。

二〇〇九年九月　意大利威尼斯

注：[1]双神指战神和海神，是三十级台阶上巨大雕像的原型人物。
[2]六门指总督府内的地图厅、四门厅、会议厅、十人厅、元老厅和大会议厅之门。
[3]世独尊指总督府内巨幅油画《天堂》，是丁托列托所作，长22米，宽7米，有700多人物，是世界上最大的油画。

叹息桥

总督府外一监牢，两处相连叹息桥[1]。
哀叹声中多悔恨，当初何必任逍遥[2]。

二〇〇九年九月　意大利威尼斯

注：[1]叹息桥是总督府与监狱间的连接之桥，在总督府内审判定罪的犯人，通过此桥前往监牢。桥中间有一窗口，罪犯在此最后看一眼自由世界时，不由得叹息一声。故名叹息桥。
[2]任逍遥是指无法无天、胡作非为之意。

威尼斯^①印象

水漂楼阁伴飞船，小市无车世上罕。

四百桥涵形各异，三千水巷网般连。

贡多拉上民俗赏，古教堂前情侣谈。

更有金狮颁大奖，水城不负盛名传。

二〇〇九年九月　意大利威尼斯

注：①威尼斯始建于公元 5 世纪，很多楼阁是建在水中的木桩上。没有汽车，连自行车都被禁止。的士是汽艇，公交车是汽船。威尼斯电影节是历史最悠久的国际电影节，设有圣马可金狮奖。

二十六、奥地利

玛丽亚·特雷西娅①

统治奥匈独有方，联姻政治②创辉煌。
特雷西娅女皇帝，人道欧洲丈母娘。

　　　　　　　　　二〇〇九年九月　奥地利维也纳

注：①玛丽亚·特雷西娅是很出色的政治家。她有 11 个女儿，其中 10
个嫁给了欧洲各国国王。她实际统治奥匈帝国长达 40 年。
②联姻政治是指统治奥匈帝国的哈布斯堡家族与欧洲很多国家都有
姻缘关系，通过联姻方法巩固和扩大其势力，人称联姻政治。

霍夫堡旧王宫

哈布斯堡①统奥匈，弧形楼阁作王宫。
外廊屏柱双双美，涵括欧洲古建风。

　　　　　　　　　二〇〇九年九月　奥地利维也纳

注：①哈布斯堡是当年统治奥匈帝国的家族。

美泉宫①

帝王狩猎远郊行，美丽泉②边建夏宫。
黄壁绿窗多典雅，皇朝终断此宫中。

　　　　　　　　　二〇〇九年九月　奥地利维也纳

注：①美泉宫是十五世纪奥匈帝国哈布斯堡王朝建的夏宫。1918 年奥
匈帝国最后一个皇帝在此宫中被迫退位，奥匈帝国解体。
②美丽泉是水泉名，据说喝了此泉之水可变漂亮，故名美丽泉。

美泉宫后花园

法式花园伴夏宫，园中泉水远扬名。

欧洲为最虽然美，却逊中华景有情①。

二〇〇九年九月　奥地利维也纳

注：①景有情是指中国的园林艺术多讲究情景交融，内涵丰富，蕴含着
内在美，是西方花园无法相比的。

海神喷泉

美泉宫外甚华奢，花海纵深泉水多。

希腊海神雕像美，玄机喷水戏群鸽。

二〇〇九年九月　奥地利维也纳美泉宫后花园

萨尔茨堡风光

芳草青青曲岸满，银桥如链挂洋房。

丘山绿树水中映，尖顶钟楼伴教堂。

二〇〇九年九月　奥地利萨尔茨堡

莫扎特

三岁蒙学六岁成，欧洲巡演特成功。

首席循旧虽然富，独自创新甘受穷。

百部天音未尽兴，三十五岁暗终生。

谁说天赋世间少，聪颖不勤难走红。

二○○九年十月　奥地利萨尔茨堡

注：音乐神童莫扎特曾说："人们以为我的艺术得来全不费功夫，实际上没有人会像我一样，花这么多时间和思考来从事作曲。所有的名家作品，我都辛勤地研究了许多次。"

小货摊

小贩街头笑脸迎，杂什玩具满商亭。

语言手势齐招客，讨价几回买卖成。

二○○九年十月　奥地利萨尔茨堡粮食街

二十七、德国

慕尼黑新市政厅

水晶雕作几冰峰，市政华楼立古城。
商业街中游客满，仰观婚礼待鸣钟。

二〇〇九年十月　德国慕尼黑

注：新市政厅位于慕尼黑市中心玛利亚广场，就像水晶雕的冰峰一样，最繁华的商业街从此穿过，每天中午十一时，广场上都挤满了观光客，观看85米高的钟楼壁钟里木偶们表演1568年侯爵举行的婚礼。

二十八、瑞士

乡间宾馆

几何形体组合美，红色环梯飘欲飞。
内部装修多现代，百花奇树外边陪。

二〇〇九年十月　瑞士因特拉肯

民间情

年过六旬国外行，白肤蓝眼喜相逢。
顽童可爱亲亲抱，世界民间处处情。

二〇〇九年十月　瑞士因特拉肯

小镇建筑

山下湖边多建筑，红黄白绿各随机。
奇形怪状小楼美，远近高低互斗奇。

二〇〇九年十月　瑞士因特拉肯

远望少女峰①

绿野仙踪一美人，亭亭玉立雪白身。
传为天使思凡意，独览欧洲一片春。

二〇〇九年十月　瑞士因特拉肯

注：①少女峰是阿尔卑斯山脉的一座雪峰，是欧洲之巅，传说是天使飞来变成的。

铁力士峰

绿体白头铁力士，缆车旋上转三程。
途中可见滑雪者，只是雾多难看清。

二〇〇九年十月　瑞士阿尔卑斯山

山 村

宝马①湖边几处休，木桥弓背渡羊牛。
路边错落小楼美，要看雪峰需仰头。

二〇〇九年十月　瑞士铁力士峰下英格堡

注：①宝马指宝马牌轿车。

日内瓦花钟①

艳丽鲜花钟面开，计时精确客频来。
花钟世上知多少，唯此盛名从未衰。

二〇〇九年十月　瑞士日内瓦湖畔

注：①日内瓦花钟是由 6300 簇鲜花组成，直径 5 米。花朵按花季随时调换，永葆鲜艳，充分体现了世界花园和钟表王国的特色。此钟为世界首例。

日内瓦湖

湖边古树密，远望水连天。

雾锁青山远，花围曲岸边。

泉喷五百尺，扇舞半空间。

客与天鹅戏，碧波荡彩船。

二〇〇九年十月　瑞士日内瓦

国际红十字会总部

矗立欧洲中式楼，鲜红十字做名头。

卫生救护无国界，人类尊严是所求。

二〇〇九年十月　瑞士日内瓦

万国宫[1]

昔日国联今总部，万国机构万国修。

中华绣毯宫中挂，华夏文明誉满球。

二〇〇九年十月　瑞士日内瓦

注：[1]万国宫原为联合国办公的地方，现为联合国欧洲总部。

断腿椅[1]

皆因埋地雷，炸断一条腿。

议定一封书，力争人世美。

二〇〇九年十月　瑞士日内瓦联合国欧洲总部

注：[1]此椅为纪念地雷议定书正式生效而建，高12米。

二十九、法国

凡尔赛宫

国王①马上跨戎装，狩猎庄②前气势昂。
雄伟壮观宫殿美，稀奇珍宝里边藏③。

二〇〇九年十月　法国巴黎

注：①国王指法国历史上的国王路易十四。
　　②凡尔赛宫的前身是国王路易十三建的狩猎庄。
　　③凡尔赛宫现为博物馆，收藏着大量来自世界各地的艺术珍品。

巴黎歌剧院①

金碧辉煌一座楼，以歌作剧百年头。
人工湖水充基础，轰动欧洲几个秋。

二〇〇九年十月　法国巴黎

注：①巴黎歌剧院建在一个容积极大的人工湖上，此湖每隔十年换一
次水。

拿破仑墓

叱咤风云征战忙，最终流放死他乡。
七年回葬荣军院，棺椁六重葬帝王。

二〇〇九年十月　法国巴黎

巴黎公社起义地

无产阶级要造反，组成公社在巴黎。

开枪宣战一高地，从此高飘共产旗。

　　　　　　　　　二〇〇九年十月　法国巴黎

卢浮宫

精美如雕艺术宫，四十万宝展其中。

国王住过五十位，装载千年历史情。

　　　　　　　　　二〇〇九年十月　法国巴黎

注：卢浮宫是始建于 13 世纪的皇宫，是世界上最大的艺术宫殿，现为博物馆。

卢浮宫镇馆三宝

双臂残缺维纳斯[①]，丽莎[②]没腿怨"芬奇"。

无头胜利女神[③]美，三宝镇宫天下稀。

　　　　　　　　　二〇〇九年十月　法国巴黎

注：①维纳斯是公元前 150 年由阿历山德罗斯创作的希腊女神半裸雕像，神态端庄、自然，极富女性美。
②丽莎指蒙娜丽莎半身画像，芬奇指达·芬奇。此画像是达·芬奇 1503 年作，侧重心理描写。不管你在任何角度看她，她温和神秘的目光都带着笑意着你。
③胜利女神指萨摩色雷斯创作的振翅欲飞的女神雕像。

埃菲尔铁塔

铁塔如编直入天，三层雕阁半空悬。
扶摇千尺观光路^①，美丽巴黎天上观。

二○○九年十月　法国巴黎

注：①铁塔高 320 米，塔内有 1710 级阶梯，可环视四周 70 公里景色，故称千尺观光路。

协和广场^①

路易王朝建广场，先行婚礼后杀头。
方尖碑下常集会，庆典阅兵多客游。

二○○九年十月　法国巴黎

注：①协和广场是巴黎最大最美的广场，1743 年由路易十五建造，1770 年路易十六在此举行了婚礼。19 年后大革命时期他又在这里走上断头台。有 1343 人在此处被杀。方尖碑是 1831 年埃及总统所赠，现在这里是集会、庆典、阅兵、游行示威和观光的地方。

香榭丽舍大街^①

凯旋放眼望协和，近是商家远是鸽。
昼夜阴晴求即有，日迎游客十万多。

二○○九年十月　法国巴黎

注：①香榭丽舍大街西起凯旋门附近，商家云集，每时每刻都能找到想要买的东西。东至协和广场，东段梧桐树下群鸽悠然，是清幽之地，举世闻名。

凯旋门

天骄拿破仑，建此凯旋门。
纪念三皇战[①]，精雕几役神[②]。
全球一战起[③]，地下建一坟[④]。
火焰灯长亮，弘扬战士魂。

二〇〇九年十月　法国巴黎

注：①"三皇战"指1806年奥、俄、法三国皇帝亲自指挥的奥斯特里茨
战役，史称三皇之战。
②"几役神"是指几个重要战役的场面。
③"一战起"指第一次世界大战。
④"建一坟"是指在凯旋门下建有第一次世界大战时牺牲的一名无
名战士墓，墓前点燃着一盏长明灯。

巴黎圣母院

塞纳滩头[①]传圣音，石头筑就塑雕群。
钟声传遍花都[②]巷，圣母敞开正义门。
游客可穷千里目，女郎能会意中人[③]。
门前脚踏零公里[④]，总有群鸽陪伴君。

二〇〇九年十月　法国巴黎

注：①"塞纳滩头"指圣母院在塞纳河西岱岛中心。
②"花都"是对巴黎的美称。
③"女郎能会意中人"指雨果小说《巴黎圣母院》里撞钟人与吉普
赛女郎的故事。
④圣母院正义门前是巴黎地标零公里处。

塞纳河上观光

夫妻船上逛花都①，名胜沿河如画图。

妩媚多姿风景美，心情愉悦笔难书。

二○○九年十月　法国巴黎塞纳河游船上

注：①花都是对巴黎的美称。

欧洲游有感

夫妇欧洲转一程，抛财览胜换心情。

习俗各异情相近，建筑有别多异型。

人造风光到处是，天成美景很难逢。

北京上海胜国外，国外城乡基本同。①

二○○九年十月　法国巴黎戴高乐机场

注：①后两句意为北京和上海比西方的城市都好，但是西方城乡之间基本没有差异。

三十、美国

超市联想

超市外墙无广告，货多店大客空空。

不知商品怎流动，难怪贼心总向东①。

二〇一七年八月二十日　美国加州旧金山机场附近

注：①"向东"指为了市场而向往东方人口稠密的各国。

异国探秘

跨洋万里到他乡，风土人情欲探详。

多数果蔬无两样，奇形怪状我来尝。

二〇一七年八月二十日　美国加州坎贝尔小镇超市

斯坦福大学

私立大学斯坦福，名标世界前几名。

有才志高欲圆梦，钱少无权梦不成。

二〇一七年八月二十日　美国加州帕罗奥图

旧金山印象

八十万众繁华处，一港①两街②一座桥③。
南北不足四千米，丘陵遍布比低高。

二〇一七年八月二十日　美国加州旧金山

注：①"一港"指渔人码头。
　　②"两街"指九曲花街和唐人街。
　　③"一座桥"指金门大桥。

渔人码头

捕鱼出海处，吃货品鲜忙。
海豹争床睡，游人赏夜光。

二〇一七年八月二十日　美国加州旧金山

蒙特雷水族馆

水中生物六千五，游客大观藏海楼。
上万沙丁结伴舞，成群水母竞姿游。
萌萌水獭憨吃蟹，笨笨企鹅慢晃头。
百怪千奇游客恋，平台还可赏鸥舟。

二〇一七年八月二十一日　美国加州蒙特雷半岛

卡梅尔小镇

靠山山雀闹，望海海鸥飞。

建筑争奇特，画家窥细微。

镇中无广告，街上彩霓没。

盐色海沙细，除她没有谁。

二〇一七年八月二十一日　美国加州卡梅尔小镇

一棵松

十七英里海边路，入海断崖顶上松。

只有一棵莫叹少，此松却是地标名。

二〇一七年八月二十二日　美国加州蒙特雷半岛 17 英里海岸

题祖孙照

祖孙合影一棵松，喜悦心情入境中。

孙女刚刚十岁整，七十又二我年龄。

二〇一七年八月二十二日　美国加州蒙特雷半岛 17 英里海岸一棵松

圆石滩

自驾巡游西海岸，沿途风景很一般。

圆石滩处最为好，因有精灵讨客欢。①

二〇一七年八月二十二日　美国加州蒙特雷半岛 17 英里海岸

注：①圆石滩处有好多松鼠和海鸥，追着游客讨要食物。

无言的爱

雀鸥松鼠来乞讨，不准喂食两作难。

蹲下身来手示意，互观窘态爱无言。

二〇一七年八月二十二日　美国加州蒙特雷半岛 17 英里海岸圆石滩

17 英里公路

十七英里私家路，包括侧旁海与滩。

风景较多游客少，只因文化浅无涵。

二〇一七年八月二十二日　美国加州蒙特雷半岛 17 英里圆石滩

灯塔套房酒店外景

玉色楼前绿草坪，耳边阵阵海涛声。

沙滩水浅多鸥鹭，静待夕阳染海空。

二〇一七年八月二十二日　美国加州皮斯莫

莫罗湾[①] 海滩

面西望海莫罗湾，远望太平却巨澜。

大片浅沙消恶浪，游人正好戏金滩。

二〇一七年八月二十二日　美国加州莫罗湾海滩

注：①莫罗湾在太平洋的东海岸。

美丽的海滩

全家六口分三代，游览加州一海湾。

椰树小楼静望海，金滩一片戏波澜。

二○一七年八月二十二日　美国加州莫罗湾海滩

谁在偷拍

小姨总是喜盈盈，姥姥姥爷谈话中。

我正偷偷选佳镜，怎知我也进画屏。

二○一七年八月二十二日　美国加州莫罗湾海滩

游兴黄昏后

天近黄昏观海美，七旬来到美国游。

都说人已黄昏后，我道刚刚有兴头。

二○一七年八月二十二日　美国加州莫罗湾海滩

狂　舞

大海苍茫迎日回，一人一鸟舞余晖。

不知何意心激动，面对夕阳使劲追？

二○一七年八月二十二日　美国加州莫罗湾海滩

静静的海湾

小镇痴痴守大海，太阳慢慢入山峦。

游人恋恋难归去，鸥鸟高高峭壁端。

二○一七年八月二十二日　美国加州莫罗湾海滩

海滩的傍晚

远望群鸥静静舞，太阳山后隐其身。

霞光斜射满天美，海面沸腾一片金。

二〇一七年八月二十二日　美国加州莫罗湾海滩

圣塔芭芭拉

靠山面海小城静，红顶白墙绿树中。

花与草坪镶空地，白云几朵饰蓝屏。

二〇一七年八月二十三日　美国圣塔芭芭拉

奥莱购物

奥莱购物很方便，商贾云集品种多。

钱少能搜廉价货，富人来此也快活。

二〇一七年八月二十三日　美国加州卡马里奥奥特莱斯

加州印象

加州城镇富豪秀，山野犹如灾后秋。

国富为何不治理，资本为先无利收。

二〇一七年八月二十四日　美国加州卡马里奥至拉斯维加斯途中

途　中

遥望目的地，拉斯维加斯。

驱车近半日，荒漠总没离。

二〇一七年八月二十四日　美国加州卡马里奥至拉斯维加斯

永利酒店

楼里豪华楼下赌，楼前戏水泳池清。
客房宽敞且明亮，家电齐全与家同。
物品价格标注暗，顾客需求心要明。
早餐单调贼拉贵，肉蛋菜蔬接近生。

二〇一七年八月二十四日　美国内华达州拉斯维加斯

观卡秀

惊险离奇一场秀，剧情多趣很生活。
中国元素频出现，人类文明难阻隔。

二〇一七年八月二十四日　美国内华达州拉斯维加斯

拉斯维加斯

大漠之中一赌城，一条街上特繁荣。
土豪不吝黄金撒，以假充真极盛行。

二〇一七年八月二十五日　美国内华达州拉斯维加斯

注：拉斯维加斯的主街上，仿建了许多世界各国的地标建筑，以炫其富。

题女童街头照

异景奇观布满城，五光十色尽霓虹。
美城不夜繁华地，狂表心情一女童。

二〇一七年八月二十六日　美国内华达州拉斯维加斯

星光大道

两千五百星光闪，娱乐名人未记全。

大奖冠名奥斯卡，中国剧院例行颁。

二〇一七年八月二十七日　美国加州洛杉矶好莱坞

注：好莱坞一条大道两旁的人行步道上镶嵌着2500多颗五角星，这些五角星相当于奖章，上面镶有受奖人的名字和受奖领域，一人一星，共分5个领域，分别是影视演员和导演、脱口秀和电视主持人、歌手、播音员、戏剧家，人称这条大道为星光大道。在星光大道旁有一座中国剧院，著名的奥斯卡金像奖曾多次在此举行颁奖仪式。

格里菲斯天文馆

格里菲斯天文馆，规模虽小但居高。

好观标志"好莱坞"，浩瀚城池放眼瞧。

二〇一七年八月二十七日　美国加州洛杉矶

注：天文馆位居山顶，视野相当广阔，可眺望美国第二大城市洛杉矶市容，是观看好莱坞标志牌的最佳位置，也是多部电影的取景地。

题孙女十周岁生日宴照

恰逢生日美国游，洋蜡牛排伴"突优"①。

美满幸福多欢乐，全家为我庆十周。

二〇一七年八月二十八日　美国加州洛杉矶

注：①"突优"为英语 to you 音译，意为唱生日歌

欢乐海滩

女婿搀扶丈母娘，美国沙海赏风光。

小姨甥女追相戏，频扰靓姑晒泳装。

二○一七年八月二十八日　美国加州洛杉矶圣莫尼亚海滩

耳闻目见二三事

——离美前回忆

秃岭荒山一路见，空空四野少耕田。

无灯路口停车看，不让行人罚五千。

绑架枪杀频报案，砸车盗窃更平凡。

来来往往人多胖，少见手机掌上玩。

二○一七年八月二十八日　美国加州洛杉矶机场

附录一　百感杂记

烦

极目烟囱立，烟尘与雾同。
满花无好味，烦恼几时终！

一九六九年　辽宁抚顺栗子沟华丰宿舍

背景：自北工分配到华丰厂后，从校门到工厂、从北京到抚顺环境落差极大，时住单身宿舍。

采桑子·中秋

秋虫月下悲声惨，实在凄凉。实在凄凉，未见娘亲痛断肠。　　年年岁岁秋风尽，一片清霜。几度清霜，何日才能回故乡。

一九七〇年九月十五日(中秋节)　辽宁抚顺栗子沟华丰宿舍

十六字令·初相见（二首）

之一

天，万里晴空月正圆。房屋内，彼此各一边。

之二

难，男女之间似有山。张张嘴，面面却无言。

一九七〇年十一月十日晚八时　辽宁抚顺刘山

254

采桑子·中秋节有感

并肩漫步洁光下，似在西厢。欲吐衷肠，话到唇边心咋慌？　抬头望见圆圆月，又触心房。脱口将狂，却道中秋天不凉！

一九七一年十月三日（农历八月十五）　辽宁抚顺

采桑子·愁

农家常道秋光好，好个秋光，好个秋光，喜满家园粮满仓。　而今正是中秋夜，我却心伤，独自思量，婆媳缘何隔堵墙?！

一九七二年中秋节　辽宁抚顺

长相思·纳闷儿

摘尽星，海填平，献尽奴颜无表情。为啥不作声？家贫穷，相貌凶？初会无遗都表明。烦烦自不清！

一九七二年十一月末　辽宁抚顺

采桑子·天地茫茫

抬头望见朦胧月，雾锁苍穹。雾锁苍穹，天地茫茫一片空。　嫦娥也管民间事，没在蟾宫？若在蟾宫，怎叫长空与我同?！

一九七三年秋　辽宁抚顺

气与人生

人生全靠气，争气是人生。
气顺身心好，气浊体不宁。

一九七五年秋　辽宁抚顺

忆与思

开国元君刚赴西，国家万事突变急。
四人帮派歪风起，我党中央稳大局。
莫叹十年文武斗，应思万代燕莺啼。
不能再走回头路，社会主义民所依。

一九七六年晚秋　辽宁抚顺

如梦令·蜡梅

地冻天寒她笑，春到反而不俏。秉性太出奇，都道异香洁傲。真臊！真臊！哪有动人容貌？

一九七六年除夕　辽宁抚顺

石林异梦

天明将游云南石林，入梦却是十年前之事。引我沉思，触动深情。至狮子亭以诗寄之。

明日将游美丽崖，梦来却是一昙花。
曾经携手同竹马，将要并肩共寝茶。
饭后茶余谈美景，花前月下试婚纱。
槐荫突展云一片，崔凤书出人两家。

一九八〇年七月二十三日　云南石林狮子亭

怨

十年风雨荡苍穹，薄地茅屋已变空。

莫怨苍生盲目动，何时不再起妖风？

一九八一年一月　辽宁抚顺矿医院

逢仙记

都说春满滇，未见有花仙。

却在归途遇，吃惊大半天。

一九八一年九月十一日　昆明至北京62次列车上

家主无能

心烦意乱理难清，躲到庆阳看彩屏。

看罢一出《女驸马》，方知庭乱主无能。

一九八二年一月　辽宁辽阳庆阳化工厂招待所

教　训

善者度人如对己，逢人难处救其急。

从无薄意对人善，常有多情被友欺。

善恶为人皆有意，恶人处事笑面皮。

尽行善事诚为贵，多问前程更适宜。

一九八二年八月二十八日　黑龙江哈尔滨红军街43号

采桑子·爸爸的命运

抬头望见中秋月，一会儿云中，一会儿当空。明暗相间各不同。　　人间恰似空中月，转瞬恢宏，转瞬平庸，时运兴衰变无穷。

一九八三年九月二十一日（中秋节）　辽宁抚顺

养 身

术业专心烦事无，与人为善勿贪图。

闲时莫理闲人事，忙里偷闲花地锄。

一九八五年六月　辽宁抚顺国营第四七四厂

迎送祝酒

迎朋送友共干杯，如愿以偿均展眉。

我祝弟兄酬壮志，同心择路竞高飞。

一九八七年　辽宁抚顺迎送同事宴会上

送同事宗玉芹定居日本

秋乘银鹰东渡洋，欲寻富贵去徐庄。

琼楼虽好恐寒体，更怕闲时思故乡。

一九八七年六月二十二日　辽宁抚顺

为子西归

孤儿寡母五七载，宠爱严规两作难。

业立成家眉始展，精疲竭力泪已干。

担心一任蹈父迹，舍命重操教子鞭。

可叹已成不训子，心寒无奈赴西天。

一九八九年　辽宁抚顺

注：我父亲参军提干后与我母亲离异，此后我们母子相依为命，1989年3月26日母亲离我而去。

老官迷

曲曲遥遥爬上台，满头白发力已衰。

凭栏刚想揭金瓦，不慎太贪掉下来。

一九九二年四月　辽宁抚顺华丰厂

衷心祝愿盛本元兄万事如意

盼相会

衷盼须臾会表哥，

心中密语促膝说。

祝发文身怨《杨柳》，

愿作羌笛探为何。

欣　慰

盛年不在奈之何，

本盛末荣乐更多。

元亨利贞无所悔，

兄友弟恭化坎坷。

忆人生

万友难当啮指情，
事业只能和睦兴。
如今遥望中秋月，
意祝阖家福满庭。

一九九五年中秋　辽宁抚顺

蝶恋花·望乡

本元兄寄诗若干，故填此词以慰之。

浪迹他乡多烦恼，百种情思，恩怨何时了？枫叶红时花又老，栉风沐雨路缥缈。　　莫怪人间常骂吵，世态炎凉，真假谁能晓？斋内无聊情却好，行棋运墨吟花鸟。

一九九六年二月二十八日　辽宁抚顺

注：表哥盛本元戏称其居室为无聊斋。

妈妈的生平

闺中苦

自转世，甚可怜，三岁生母入黄泉。
祖母养，少饥寒，四载祖母又归天。
继母又生六弟妹，七童相肩苦为先。
本为豪富闺中女，反受辛酸二十年。
二十一岁出了嫁，不料为媳更苦酸。

260

难为妇

婆家贫如洗，没有娶亲钱。

做了过养媳，两家为孝难。

先生一女子，又得一儿男。

女子叫淑芬，儿男呼孝先。

孝先未足岁，其父上前线。

少妇携幼子，朝夕盼团圆。

十年未回转，苦难不堪言。

盼到瞳眬日，却收仳离函。

晴天霹雳雨，母子泪沾衫。

幸遇"集体化"，险情稍转安。

育儿孙

发誓育儿女，志坚从未偏。

女儿中学念，儿子大学园。

立业成家后，母子才团圆。

膝下两孙女，祖孙密无间。

倾心育孙女，鼓励大学攀。

正在心盛时，突来噩耗函。

唐山大地震，爱女辞人寰。

恸　悼

呜呼我的母，孩儿泣难言。

人生三大难，慈母都占全。

年幼丧生母，中年失夫男。

老时女先故，奇苦一身担。

孙女双成凤，娘啊却升天。

儿遵您遗嘱，今日告母安。

后 记

娘莫怨，听儿言：我父已悔莫再谈。

您的贤德传天下，祝您早到离恨天。

夫妻同卧故乡土，但愿来生再团圆。

一九九六年六月十四日 儿悼于抚顺华丰厂

捣练子令·为女儿改填贺卡

薄尺素，意涛涛，水阔山高难阻挠。鸿雁传情飞万里，儿心思念恨途遥。

一九九六年岁尾 辽宁抚顺

附女儿词：

尺素薄，情难消，山高水长何渺渺，鸿雁万里怎堪劳，心寄明月快风飘。

一九九六年末

思 念
——仿女儿诗

一枕梦三断，寸心牵半年。

叮咛心上记，能抵夜读寒。

一九九七年六月 辽宁抚顺

牢记叮咛
——仿女儿诗

午休时梦时醒，思念半年未停。

奋起百读不懈，只因没忘叮咛。

一九九七年六月 辽宁抚顺

苦为甜
——复女儿诗

大豆高粱山满宝，满人不恋闯边关。

马蹄踏遍中原日，争得八旗甜上甜。

一九九七年六月　辽宁抚顺

附女儿诗：

一枕梦断三，寸心牵年半。

叮咛怀中挂，夜读窗不寒。

秋冬过后又春晖

十月十三日午后雷雨交加，次日晨冰霜降下，红花变黑。回想数年工作迁变，联想古今合而复分之事，感而记之。

双十刚过响惊雷，震得红颜脸变黑。

别看天公霜雪降，秋冬过后又春晖。

一九九七年十月十六日　辽宁抚顺华丰规划办

忆母亲

明天就是我敬爱的妈妈诞辰七十九周年了。想起妈妈的一生，顿有撕心裂肺之感。以诗祭之。

清贫一世从无泪，饱受三劫齿咬没。

誓教子孙勤进取，未尝硕果仅存碑。

一九九八年农历八月初四　辽宁抚顺

欣 慰

第一次收到女儿与其校友在庐山滕王阁照片，欣而作之。

不见庐山君不惊，冲出云雾几奇峰。
女儿微倚滕王阁，酬志鸿鹄要启程。

一九九九年九月二十六日　辽宁抚顺

校友情

接到北工同窗张家智来信，很高兴。分别近二十年后，自一九八七年在南京又见一次面，又过去十五年了。

金陵漫侃兴难收，狂议长别四五秋。
转眼又经三五夏，情思花甲更难休。

一九九九年秋　辽宁抚顺

祭义母辞

我一九四七年五月拜义母。据老娘说我三岁时多病，算卦先生说我是井泉水命，需拜认金命干妈。自认干妈后身心皆顺，义母待我非常好。一九九七年五月二十五日义母病逝，享年八十八岁。

呜呼吾母，已逝三年。
吾母高风，犹在眼前。
不行欺侮，不出诳言。
不拨事非，博爱为先。
手择诸事，条理井然。
勤劳洁净，传遍乡间。
三岁拜母，助我克坚。
保儿心体，如意平安。

五十年尽，您却归天。

虽终未逝，魂播万年。

儿今叩拜，祝母安龛。

一九九九年秋　辽宁抚顺

望子成龙

胸有文章两袖风，喜结伉俪锁阳①城。

痴情着意育儿女，浊酒菲肴不利名。

姐妹龙门均跃入，校园名榜总荣登。

老来夫妇无何虑，静待我儿成凤龙。

二〇〇〇年八月　辽宁抚顺

注：①抚顺古称锁阳。

贺李颖与张宏宇新婚

颖异惊宏宇，英姿盖九州。

良缘结伉丽，耄耋纵歌讴。

二〇〇一年秋　辽宁抚顺

翁婿下棋

适逢休假日，楚汉喜相争。

巧布千年阵，神出九路兵。

棋残需毅力，人老重心情。

自感终难胜，推棋让后生。

二〇〇二年春节　辽宁抚顺

注：最后一句有点儿耍赖之意，自觉要输，就把残棋一推，口称"这盘棋不下了，就算你赢了吧"。

和女婿歌

值我寿诞之日，女婿楷书贺诗一首，兴而和之。

半百又八逢寿庚，贤婿贺诗别有情。
赞祝老夫终得福，吾夸子是盛兰青。

二〇〇二年五月十五日　辽宁抚顺

附女婿诗：

少年壮志思忆甜，老骥伏枥寿长延。
育出双凤梧桐落，爱妻相伴享晚年。

十六字令（三首）

2002年中秋节，老伴和大女婿在东京沈阳；大女儿在西京西安攻读硕士；二女儿在北京读博；我在北京打工。女儿们都在努力进取。虽然思念，但很高兴，欣而作之。

之一

三，一字能含万万千。三京内，相互祈平安。

之二

京，倾国繁荣今古同。求发展，努力在三京。

之三

思，望子成龙总恨迟。古都里，儿女正从师。

二〇〇二年中秋节　北京房山

选 择

女儿即将工作，特寄诗告之。

勤劳为本爱生活，名利随机不抢夺。
兴趣多多精力旺，坚持劳逸两结合。

二〇〇四年三月十六日 辽宁抚顺

母女喜聚北京

东西南北做学生，母女今朝聚北京。
双凤高翔胸满志，英姿飒爽待功成。

二〇〇四年七月 北京

侍仙阁

——贺全聚德烤鸭一百四十周年

开炉一百四十年，烤过酸甜苦辣咸。
雅士枭雄频作客，名庖盛馔侍神仙。

二〇〇四年国庆 北京前门大街

贺会永生[①]八十寿辰

黄河托入世，长岭庆耆龄。
自力征南北，平和会永生。

二〇〇四年十一月二十日 辽宁抚顺

注：①会永生出生于河南，在东北工作，性格平和。

忆今生

哭弃娘怀路坎坷，大千世界苦琢磨。

耿直忠厚自欣赏，权利难求穷乐呵。

二〇〇五年一月十一日　辽宁抚顺高尔山

满庭芳·自慰

　　适逢六十大寿，忆艰难之途，赏今日之花，望将来之果，自感欣慰，兴而抒之。

　　虽是阳春，犹寒初暖，岸柳刚展眉颜。河边鸿雁，飞试正频繁。何惧风风雨雨，酬壮志，着意青天！舒长翅，扶摇直上，万里览人间。　　人间，逢乙酉，农家院内，喜得儿男。奈何正贫寒，举步为艰。慈母教儿立志，苍天助，马跨雕鞍。终实现，丰收愿望，硕果满家园。

二〇〇五年三月十三日　辽宁抚顺

退休之后

草莽求真世不容，归家向笔问余生。

非今非古非文士，海阔天空任我评。

二〇〇五年四月七日　辽宁抚顺

俏夕阳

——赞表嫂扭秧歌

羞花迟放更疯狂，狂扭秧歌真大方。

欲品人生多乐趣，请观街舞伴夕阳。

二〇〇五年四月　河北玉田

梦寻还乡河

入梦还乡河水长，鱼虾与我戏迷藏。

白帆倩影连山海，唐戏幽歌荡岸旁。

曾助雨来斗日寇，今闻秀水变浑汤。

残沙异臭伴枯草，游子茫然思故乡。

二〇〇五年五月　辽宁抚顺

画堂春·观表哥表嫂合影有感

夫妻相倚照夕阳，依然满面春光。四十余载共炎凉，誓死不彷徨。　　为善换来大顺，勤劳争得小康。已然福寿照高堂，何叹两鬓霜。

二〇〇五年六月二日　河北玉田

劝表哥

兄弟任多少，一人一品德。

弟逼娘去死，哥找弟寻责。

即已申明理，实该另作歌。

门高挡鬼进，何必老琢磨。

二〇〇五年六月　河北玉田

谢表哥

　　曾致函表哥五千言，为我母诉冤，以正视听。表哥表嫂回函深表同情，也曾暗中帮过我母子，并要为我母刻写墓志铭文。因此谢之。

是非已过谈何用？莫怪先人互作难。
感谢表哥书善意，恭听表嫂赐良言。
心中浊雾驱天外，笔下铭文告世间。
恩怨父翁均作古，弟兄千里续新篇。

二〇〇五年八月十一日　辽宁抚顺

致表嫂

我和表嫂命相关，刚会抓爬失父怜。
莫叹幼童多命苦，应知寡母更心酸。
饱经恩怨诸多事，独记真情无数年。
苦涩人生已过去，只求博爱满人间。

二〇〇五年八月十一日　辽宁抚顺

慰母百字祭

　　慈母冯玉兰，一九一九年农历八月初五生于河北省丰润县大孟各庄，一九八九年三月二十六日（农历二月十九）卒于辽宁抚顺。饱受三劫，苦伴终生。今立碑于前黄坨，撰此铭文以祭之。

降生富家院，饱受大劫三。
三岁丧生母，二十穿嫁衫。
婆家贫如洗，媳妇更艰难。
儿女刚出世，丈夫战袍穿。
十年未回转，日夜似油煎。

盼到瞳晓日，却收仳离函。

奋发育儿志，夜伴子读寒。

儿子才成就，女儿又长眠。

饮干灌愁海，情洒离恨天。

孙女双成凤，儿来慰母安。

二〇〇五年八月十五日　辽宁抚顺

送表哥礼单

小饮琼浆福寿多，月圆花好是生活。

醇香品后清茶美，望月举杯狂作歌。

二〇〇五年八月二十三日　河北玉田

注：礼品有酒、月饼、茶、杯。

祝张瑞琦① 老师长寿

祝兴曾说卖小枣，

张灯结彩聘姑娘。

端签引我尊前拜，

琦表示徒名远扬。

老练沉着今亦效，

师直为壮永成章。

长年祈盼恩师好，

寿比南山多健康。

二〇〇五年八月二十八日　河北玉田

注：①张瑞琦曾在河北玉田一中任语文教师，是我高一的班主任。《卖小枣聘姑娘》是当时他在宿舍给我们讲的故事。

苦度人生七十年
——为妈妈诞辰八十六周年而作

常想八十六载前，娘亲问世在今天。

正逢改制①多劫难，又遇负心无义男②。

母子三人吃尽苦，寒冬数载才得甜。

女儿又逝先她去，情了七十断苦篇。

二〇〇五年九月八日（农历八月初五）　辽宁抚顺

注：①改制指辛亥革命。

②无义男意为我未满周岁父亲就参军十年未归，后与我母离婚。

采桑子·老不经霜

中秋赏月偏逢雨，有点凄凉，倒也无妨，且喜食粮已满仓。　　一场秋雨一场凉，套件衣裳，防止风伤。人老难敌阵阵霜。

二〇〇五年九月（中秋节）　辽宁抚顺

铭文悔慰自悲伤

莫怨孩儿不孝娘，少年无父任疯狂。

只知热血连筋骨，不懂和言暖心房。

母去才多思痛泪，儿来难觅保温床。

苦度半生皆为我，铭文悔慰自悲伤。

二〇〇五年十月　河北玉田前黄坨墓地慈母墓前

注：我同夫人携长女长婿和次女为母亲墓前立碑，碑阴铭刻慰母百字祭，简述我母苦难的生平。

难忘故乡

离乡背井五十年，名利得来亦枉然。
入梦常多父老事，人生最幸故乡还。

二〇〇五年十月　河北玉田

盛宴全聚德

追求主义未思财，有点私心只育孩。
儿女幼时多努力，佳音今日总传来。
京城拓得小天地，家宴安排大店台。
盛馔名庖随意点，婿贤女孝乐开怀。

二〇〇五年十月　北京前门

千里续新篇
——和表哥《感相见》

姑舅表兄弟，久别到眼前。
倾谈两昼夜，难括五十年。
追问千般苦，追听万种甜。
但求身体健，千里续新篇。

二〇〇五年十一月三日　辽宁抚顺

附表哥《感相见》二首：

之一：
表弟到来喜临门，面对外祖都是孙。
别离悠悠五十载，相诉愁苦比我深。

之二：
别离五十年，相见促膝谈。
但长两三月，难尽半生言。

273

姑舅弟兄歌正狂

——致表哥

美誉孝贤不敢当，今生总觉愧儿娘。

哀思昔日潜心里，恸悼今朝倾墓旁。

感谢表哥全力助，帮扶愚弟少神伤。

双孙同祖心相印，愈到老时歌愈狂。

二〇〇五年十一月三日　辽宁抚顺

注：我回乡为母下葬时，表哥全力相助。这是给表哥回信中的一首诗。

仿学表哥趣诗

劝

表哥，

莫过谦。

琴棋书画，

才艺皆不凡，

拜读"猫腰"①佳作。

更激愚弟学再三。

二〇〇五年十一月三日　辽宁抚顺

注：①猫腰指友人送其雅号为猫腰诗人，即猫腰成诗之意。

附表哥趣诗：

愚

俗家，

字乌鸦，

笑对表弟，

几句心里话，

叹！白发不知愁。

去！管他冬秋春夏。

274

足 矣

陌室无寒暑，吾儿能自求。
三餐随所欲，四季任风流。

二〇〇五年十一月九日　辽宁抚顺

狂放向余生

老来无大志，狂放向余生。
游览万年景，戏抒千载情。

二〇〇六年一月　辽宁抚顺

慰永法兄

盼得长谈赞老兄，
永尊礼义世间行。
法家拂士终生志，
兄友弟恭不老情。
身受奇冤成历史，
体无大病笑耄龄。
健身寻乐长生路，
康体静心福寿迎。

二〇〇六年七月九日　辽宁抚顺

注：王永法曾三次被戴上"右派""极右派"和"反革命"帽子，并因此进监狱一年，时年仅20多岁。后改正，但其已过中年。今已七十有二，身心康健，生活尚可。

一段情

皇城又聚在滨江，酒溢席间话语长。

五载之情难了却，我心梦愿不黄粱。

二○○六年七月二十八日　北京京滨饭店松花江厅

招东床

门沁书香育后生，三十寒暑望鲲鹏。

博学考取国家吏，勤奋戏称"白骨精"。

秀女多才母惬意，婿男无影父伤情。

网上欲寻相近客，期待向平志①早成。

二○○六年十一月八日　辽宁抚顺

注：①向平志即成语"向平之志"的意思。

网上行动

大海捞针网易空，虚无缥缈要从容。

急功近利常失落，无动于衷枉费功。

二○○六年十二月十八日　辽宁抚顺

抚顺新貌

乌金昔日献中华，轻化新开艳丽花。

棚户已然变广厦，改天换地正勃发。

二○○七年春节　辽宁抚顺

抚顺之春

火树银花布满城，万人空巷闹花灯。
烟花映照狮龙舞，锣鼓伴随歌舞鸣。
舞庆安居抒美意，歌讴乐业放豪情。
和谐盛世家家乐，兴我中华再建功。

二〇〇七年春节　辽宁抚顺

浪淘沙·喜满人间

棚户几十年，今日乔迁，高楼一片是家园。总理进屋来慰问，福沁心田！　　彩炮展花环，锣鼓喧天，安居乐业正狂欢。盛世和谐春又到，喜满人间！

二〇〇七年春节　辽宁抚顺

祝鸿运高升
——为贤婿生日作

多才多艺赵家郎，天与人归我婿罡。
四九欣合华诞日，必迎鸿运伴吉祥。

二〇〇七年七月三十日　北京马连道

喜迎隔辈人

丰年八月喜盈门，如愿迎来隔辈人。
一见洙珠孙女面，顿时热血涌全身。

二〇〇七年八月二十八日　辽宁沈阳医大二院

思　母
——为慈母诞辰八十八周年作

八月又单五，孩儿为母书。

七十抛我去，没享一天福。

二〇〇七年农历八月初五　辽宁抚顺

赞女子八百米决赛

英姿飒爽女孩娇，奋勇拼搏志气豪。

全力飞奔八百米，你追我赶互相超。

二〇〇七年九月　辽宁抚顺

小快板·领导慰问运动员

打竹板，听我言，

带队领导到眼前。

双手抱拳微微笑，

"辛苦，辛苦"挂嘴边。

小张面前止住步，

拿起奖品仔细观，

"小伙子，成绩不错祝贺你，

再接再厉永向前。"

小张忙说"不理想，

奥运圣火没我传，

争取当个志愿者，

搞好服务是心愿。"
领导递过矿泉水，
频频点头拍拍肩：
"好！真是一个好青年，期待你，
多为祖国做贡献！做贡献！

二〇〇七年九月　辽宁抚顺

蝶恋花·运动会上

　　场外欢声一片片，高举红旗，狂舞高声喊。阵阵加油声不断，口干舌燥满身汗。　　运动场中均好汉，奋力拼搏，比比谁能干！新秀辈出频挑战，欢声雷动齐称赞！

二〇〇七年九月　辽宁抚顺

挑战自我

环形跑道，
永无终点。
前边的红线，
是检验自我的尺标。
彩旗飘飘，
粉丝狂叫：
"快跑！加油！
加油！快跑！"
冲过最后弯道，
我已屏住呼吸，

动作也脱离大脑，
拼命向前！向前！！向前！！！
闯过红线，
比去年又快半秒！

二○○七年九月　辽宁抚顺

陪　读

小洙珠，
不爱哭。
睡醒觉，
就读书。
九个月，
到首都，
给妈妈，
当陪读。
姥姥姥爷舍不得，
也来首都陪洙珠。

二○○八年五月　北京马连道公寓

注：洙珠是我外孙女。

儿之愿

娘亲西驾鹤，为我苦为人。
悔恨未酬报，焚灰覆母坟。

二○○八年五月七日　北京马连道公寓

读表哥《夕阳短歌》有感

情注二八载，趣吟千首歌。

述评天地事，闲唠古今嗑。

获誉原生①美，猫腰②新句多。

长书一史记，豪放又东坡。

二〇〇八年十二月十五日　辽宁沈阳

注：①原生指原生态，玉田电视台称表哥为原生态诗人。

②猫腰即哈腰之意。友人称其为猫腰诗人，即哈腰成诗之意。形容成诗快。

再读《再为炊》有感

百读情未解，因我未身临，

今日抱孙后，方知诗意深。

二〇〇九年一月十七日　辽宁抚顺

附表哥《再为炊》：

春秋路儿遥，白发犹辛劳。

花为儿孙落，人生心难老。

儿歌　我是小司机
——为外孙女洙珠作

嘀嘀嘀，嘀嘀嘀，

我是小司机。

把车开到北京去，

去找我小姨。

见到小姨敬个礼，
小姨笑嘻嘻。
小姨给我好东西，
外加人民币。

二○○八年十二月　辽宁沈阳

儿歌　背着书包上学校
——为外孙女洙珠作

小洙珠，真是好。
吃饱了饭，就睡觉。
睡醒了觉，
背着书包上学校。

二○○九年三月　北京马连道

自悲伤

蚁闹心房逼我狂，你烦他怨自悲伤。
夜深泪落悔何用，母女已然痛断肠。

二○○九年八月十日　辽宁抚顺

功不可没

推翻帝制建民国，领袖孙文首组阁。
执政虽然变党派，功不可没万年歌。

二○○九年十月十五日　北京天安门广场孙中山像前

致表哥

貌血相通性自合，七十年事互相说。

书来信往曾欢乐，莫笑恋孙疏表哥。

二〇〇九年十二月十五日　辽宁沈阳

注：因陪伴外孙女，与表哥的书信来往变少了。

谢刘春雨
——感谢刘春雨赠诗额

谢意难尽我之情，

刘总书诗赏老翁。

春日光辉映陋室，

雨前茶气溢门庭。

二〇一〇年二月十九日（农历正月初六）我和老伴六十六寿庆　辽宁抚顺

附诗额：

福寿康宁

福寿双至喜满堂，
寿逢大顺更吉祥。
康健身心儿孙福，
宁和美满寿而康。

我的性格
——对表哥《我性》

弟与哥哥秉性同，我行我素贯平生。

清高俗子今无悔，处事违心万不能。

二〇一〇年五月十五日　辽宁沈阳

附表哥诗：

我　性

虽是凡夫俗子，平生我行我素。
并非自命清高，常愿独立忖度。

爱伴夕阳
——对表哥《夕阳短歌》

姻缘真巧哉，合卺戏开台。
苦辣酸甜后，才觉真爱来。

二○一○年五月十五日　辽宁沈阳

附表哥诗：

姻缘真巧哉，走到一起来。
谁知爱不爱，愿老晚点来。

情难了
——对表哥《儿女长大了》

痴心父母普天同，都有终生爱子情。
工作身心都挂念，笑违之子孝明星[1]。

二○一○年五月十六日　辽宁沈阳

注：[1]儿大不由娘，笑着违抗就是大孝子了。

附表哥诗：

人到老来多怅惘，少小烦恼莫忧伤。
试看世上千万户，几家儿女由爹娘。

284

学做人

—— 对表哥《宜大量》

世上有人没有神，表哥所讲俱为真。
酸甜苦辣均需品，何必过多责自身。

二〇一〇年五月十六日　辽宁沈阳

附表哥诗：

皆为俗物何必神，人在人群学做人。
生活南墙谁都撞，当笑彼此平常人。

思乡情

—— 对表哥《人在外》

离别五九载，思念永没停。
夜静思难静，家乡月更明。

二〇一〇年五月十六日　辽宁沈阳

附表哥诗：

茅屋河边村，游子别离心。
悠悠几十载，故乡梦中魂。

使心明

—— 对表哥《心事》

人生一世万般情，事事随心不可能。
总有忧思难剪断，表哥赐教使心明。

二〇一〇年五月十七日　辽宁沈阳

附表哥诗：

一人一生一出戏，万事万态万种情。
何言忧思剪不断，悟透规律理自清。

老来乐

——对表哥《笑晚》

与世无争靠技能，社交迟钝重家庭。

平生没做亏心事，换得老来歌意浓。

二〇一〇年五月十七日　辽宁沈阳

附表哥诗：

人生奋斗如画圆，周而复始在绕钱。

虽挣金银千百万，难买一份老来闲。

同　感

——对表哥《哭老无居》

昔日生儿为养老，如今到老助儿孙。

可怜父母情如海，又有几多能顺心。

附表哥诗：

白发春秋风雨中，少小大去此身空。

老无茅居晚风烈，可怜人生爱子情。

泛读《夕阳短歌》有感

——对表哥《自剖——答友人》

土庐茅草美如画，墨洒案头格外香。

笔若游龙诗意广，九情一外另三章。

二〇一〇年五月十七日　辽宁沈阳

注：末句为《夕阳短歌》之章目。

附表哥诗：

> 土庐芳草美如霞，陋居蓬荜诗意嘉。
> 客来清茶入心脾，墨洒案头笔成花。
> 共研书艺解真谛，同读诗词意韵法。
> 春秋南北随意侃，日月东西荒唐话。

反腐不能休
——对表哥《国企亏损》

损公利己猛贪求，红脸黑心总未收。

此道之人民愤大，倡廉反腐不能休。

二〇一〇年五月十八日　辽宁沈阳

附表哥诗：

> 国企亏损病之要，公私之间很微妙。
> 红了面孔黑了心，富了方丈穷了庙。

助　兴
——对表哥《小路行吟》

小路曲折连数峰，云端微露美娇容。

严寒难阻痴情汉，骑路攀峦意正浓。

二〇一〇年五月十八日　辽宁沈阳

附表哥诗：

> ——见靓女小璐，闻其名有感，路与璐谐音而吟。
> 弯弯小路妙无边，蜿蜒崎岖不宽坦。
> 难能狭道脚下成，途人千载造此观。
> 俯瞰村野如线结，仰望峰上入云端。
> 谁言高处不胜寒，独此一步一重天。

贺表哥

——对表哥《倾诉有感》

自幼开心事，老来情更浓。

纵歌千万首，倾诉大荧屏。

二〇一〇年五月十八日　辽宁沈阳

附表哥诗：

不尽人生情，倾诉最开心。

幸登大平台，老朽化青春。

同趣同乐

——读表哥《夕阳短歌》之跋有感

言志抒情评世界，自言自语细琢磨。

不疲此乐几十载，喜怒乐哀都入歌。

二〇一〇年五月十八日　辽宁沈阳

慰表哥

——读表哥来信所感

父辈往常事，如何又奈何。

唯独应庆幸，母子少折磨。

二〇一〇年五月三十一日　辽宁沈阳

注：表哥之父对他们极为不好，至他携妻女逃离原籍，独立生活后才得安生。

赠表哥《百感杂记》

梦呓荒唐句，辑集赠知音。
烦劳抡阔斧，是我赠之心。
二〇一〇年九月二十二日(中秋节)　北京西直门外

赠表哥《八方游诗影集》

诗词虽味少，风景却迷人。
恭送案头阅，帮您散散心。
二〇一〇年九月二十二日(中秋节)　北京西直门外

谢马君鼓励

多年习作详评阅，
谢字难酬一片情。
马齿徒增待进步，
君之明示记心中。
二〇一一年九月二十八日　北京马连道

注：马君，诗人，是我的忘年好友。

与时俱进

想当年
我就是玉皇，
我就是龙王。
喝令三山五岳开道，
一路凯歌飞扬！
现如今
我已近古稀，
时空也变样。
还想说三道四发令，
所向都是南墙！
向何方
只有自寻乐，
除此啥别想。
若难躲进小楼一统，
默默随之最棒！

二〇一一年九月　北京交大

浴室吟

情绪消沉诗意少，干吟旧句恨才低。
大开清水喷如注，趁势忙搓臭汗泥。

二〇一二年二月四日（立春）　北京交大

290

狂对歌

转瞬十八载，弟兄狂对歌。

家国多少事，褒贬任评说。

二〇一三年十一月　北京西单

注：这是给表哥回信中的一首诗。

快乐单身汉

我是快乐单身汉，寝食随意无挂牵。

不叠被，不洗碗，从容化妆整好脸。

修好发型选衣帽，小曲一哼去上班。

我是快乐单身汉，孝敬父母不为难。

少义务，无烦恼，不为子孙去买单。

兴趣相通多密友，深夜回家无人烦。

我是快乐单身汉，潇潇洒洒到老年。

八旬龄，六旬体，老朋少友一大圈。

为所欲为尽情乐，人称我是赛神仙。

二〇一四年二月十八日　北京西城三里河

天河配故事

牛郎织女会天河，乞巧村姑听唠嗑。

不恋天堂环境美，只求尘世感情多。

同心向善勤劳作，携手造福咏诵歌。

王母无情分两岸，鹊桥飞架跨银河。

二〇一四年八月二日（七夕）　北京

太狠啦
——路边所见

女子骑车走，稚童哭喊追。

"妈妈我不啦！"声嘶力已疲。

几次摔滚地，爬起追更急。

腿上两膝血，满脸泪和泥。

此女归何类？此童何所依？

既然无爱意，何必生孩提！

二〇一四年八月十九日　北京西城月坛南街路旁

赞建中剪纸

建树非凡手亦巧，

中华古韵颂今朝。

剪刀飞转建城堡，

纸片轻旋变鼠猫。

意寓讴歌情调美，

画图表现技能高。

丰收景象计无数，

美丽琼花竞展销。

二〇一四年八月二十五日　北京西单

注：建中是在网上认识的一个同乡，他的剪纸在北京的室外宣传画中常可见到。

祝春芳生日快乐

春去秋来果满园，
芳香不逊百花间。
更因果硕多如意，
美满生活福寿添。

二〇一五年六月二十七日 北京西单

注：春芳是我的大学同学，是驻外高级记者。

赞小学教师

百花园内竞群芳，秀美园丁分外忙。
身影花丛根下落，欣然暗衬百花香。

二〇一六年五月二十四日 北京中古小学

西江月·难相聚

冬去春来真快，周而复始循环，蟾宫亦可变缺圆，人
世却难如愿。 忆想同窗年少，四十八载瞬间，古稀特
想再聚欢，可叹永未实现。

二〇一六年十一月 北京西单

致钟发

钟发打赏，萌兄脸红，今"蒙头藏脚"答之。

钟发抬爱我之萌，
发布群中赞老兄。
打落梧桐叶遮脸，
赏言过誉面绯红。

二〇一七年一月十五日　北京西单

注：老同学钟发以诗赞我《八方游诗影集》，我以此诗复之。
附钟发原诗：

阅孝先诗影集有感

一架相机一支笔，游遍南北与东西。
名山秀水在画里，夫妻恩爱影中觅。
倩影佳诗汇两集，闲来再览乐无比。

贺五位女同学相聚

京工才女喜相聚，拉起四十八载呱。
回忆同窗相戏事，七旬犹似盛开花。

二〇一七年一月二十日　北京西单

题同学李春芳的水仙花照

凌波仙子巧梳妆，来到人间送吉祥。
君子案头亭亭立，焕然蓬荜是春芳。

二〇一七年一月二十三日　北京西单

294

看满山金达莱花彩照有感

倚山笑引杜鹃鸣，片片娇容红晕生。
爱得人们频打扰，经常摄入镜头中。

二〇一七年一月二十五日 北京

又是一年

一晃又该除旧岁，举杯再饮酒屠苏。
回眸往事尚欣慰，只叹无能换旧符。

二〇一七年二月三日春节 北京西单

勤劳之人

勤劳之人品自高，自食其力任逍遥。
助人为乐寻常事，自得欣然烦恼抛。

二〇一七年三月八日 北京西单

放风筝

二月春风真讨嫌，纸鸢被扰气冲天。
顽皮小狗不知趣，跳起急忙咬线盘。

二〇一七年三月 北京

注：此诗是观老同学杨进宝发来的两幅照片有感而作，一幅是高空的风筝，一幅是小狗咬线盘。

观黄山照有感

黄山美景难画，圣境择优更难。一六七处琳宫现，催我火速游山。

二〇一七年三月十四日　北京西单

注：今天安徽黄山的老同学吴钟发发给我 167 张黄山景观照，邀我去游黄山，观后即兴而作之。

酒财色气悟

酒能催盛心中事，财与人生恋可无。
色伴终生是本性，气为神力成败逐。

二〇一七年六月十三日　北京西单

不要忘记

忘记年龄找病，忘记身份找烦。
忘记满足减寿，忘记情谊艰难。

二〇一七年六月　北京西单

赞华丰厂退休职工群

昔日退休如断线，长拨电话总无音。
自从建起微群后，才觉娘家还有人。

二〇一七年十一月八日　北京西单

自乐应是唯一

天漆般黑！
借着星光
我见到了阎王。
我问阎王：
"爷，我在阳间
还有多长时间？"
阎王说：
"你没有坑害人的劣迹，
没给你规定年限。
不过
你对社会的贡献
已微乎其微，
你对家庭的奉献
也近尾声。
你的言论
已让人厌烦，
你的存在
已没人在意。
你只能自我消遣。
觉得累时
就微信给我，
我派牛头马面
接你即可。"

阎王说完一眨眼就不见了。
我望着天空
吸了一口冷气。
星星多了，
眼前亮了。
自语道：
"舞台没了站位，
自乐应是唯一！"

二〇一八年二月八日（农历腊月二十三）　北京

天净沙·闲搭

老头拄杖浇花，描眉秀女闲搭。有意无心问话：辣椒
太辣，为何偏要爱它？

二〇一九年春　北京

浪淘沙·靓妹逛海

盛夏到幽燕，逛海游玩。秦皇岛外打鱼船，一片汪洋
时隐现，仙境一般。　　靓妹坐沙滩，花浪撩闲。芳心荡
漾褪裙衫，藕色肌肤全暴露，扑向浪间。

二〇一九年夏　北京

老有所悟

少时羞涩老来狂，遗憾之心常痛伤。
倘若来生真转世，坚决不让梦黄粱。

二〇一九年夏末　北京

采桑子·思念

蟾宫高挂人常羡，都想登攀，探望婵娟。玉兔告知不胜寒。　　中秋入夜多思念，五个十年，各在一边，昔日同学相见难。

二〇一九年八月　北京

注：这是与老同学微信群中闲聊时所作。

向往的生活

房前屋后，种瓜点豆。
忙东忙西，无需无求。
勤耕细作，童心梦游。
利体利脑，哪管春秋！

二〇一九年八月　北京

华丰厂今昔

倭贼掠矿建药厂，蹂躏工人十几年。
强盗败逃回小岛，华丰重建谱新篇。
繁荣华夏奇功建，保卫祖国重任担。
更喜改革又给力，军民圆梦再加鞭。

二〇一九年八月　北京

纪念妈妈诞辰一百周年

风雨无情一任狂，七十①冬夏伴儿娘。

百年诞日恸相祭，慈母之恩来世偿。

二〇一九年九月二日(农历八月初五)　北京

注：①我的妈妈辞世时享年七十岁。

又立秋了

藤已老，叶已黄，瓜熟蒂落供人享。

若无春日花儿开，哪得金秋瓜果香。

二〇二〇年八月　北京

长相思·忆当年

意相通，更温情，忆想当年同事情，互帮不表明。

聚华丰，恋华丰，转眼已然变老翁，相思梦未停！

二〇二〇年九月　北京

与老同学春芳调侃

臭美多年老未减，花容月貌胜当年。

如今更是疯癫女，名就功成作本钱。

二〇二〇年九月　北京

注：春芳曾是驻外高级记者，退休后仍很活跃，是老年舞蹈队的队长兼教练。

附春芳改《与老同学春芳调侃》：

臭美多年老未减，花容月貌已无前。

如今好似疯癫女，只把健康当本钱。

赞三妹之逻辑
——与老同学春芳调侃

一觉醒来开手机，同学调侃道真题。

疯癫臭美人多寿，欢乐健康总相依。

二〇二〇年九月　北京

注：三妹是我对老同学春芳的戏称。

与老友遥相思

京沪遥相望，只能问暖寒。

忙时思绪断，入夜梦连篇。

二〇二〇年十月　北京西城三里河

求快活

放纵平生只为乐，求官须忍不快活。

如今年老钱虽少，向笔宅家也乐呵！

二〇二〇年十月　北京西城三里河

莫　愁
——致网友

新冠病毒真气人，全民防疫少出门。

劝君莫洒思乡泪，红日终将染明晨。

二〇二一年春节　北京西城三里河

祝姚、李姐妹三八节快乐

姚李两支花，八七班上插。
古稀仍健美，祝贺乐"三八"！

二〇二一年三月八日　北京

注：姚、李二位女性是我大学同学，八七是当年所学专业代号。

金婚的歌

懵懂之时成眷属，如今已过五十秋。
酸甜苦辣常相伴，喜怒乐哀全未丢。
尊老育孩多努力，贪黑起早少闲休。
金婚之际身虽老，女孝婿贤无苦忧。

二〇二二年五月二十二日　北京西城三里河南沙沟

附录二 对联集

1. 一九八七年春联（长女作）
福入万家家家乐，
春满人间人人欢。

2. 一九八七年春联（次女作）
金虎咆哮辞旧岁，
玉兔呈祥迎新春。

3. 一九八八年春联（长女作）
遗弃遗弃遗弃旧事迹，
迎候迎候迎候新成绩。

4. 一九八八年春联（次女作）
玉兔踏雪送冬去，
金龙腾云迎春来。

5. 一九八八年春联
稳骑马上平平安安送玉兔，
再换骏马生机勃勃迎蛟龙。

6. 一九八九年春联
选时择路路路为首，
斗艳争芳季季夺魁。

7. 一九九五年春联
感天谢地
天赐贫舍和为美,
地赏一方才为财。

8. 一九九六年春联
望子成龙
虽万卷酬志但求是半百总无机为华夏展翅,
然痴心教子且同心三代终有望乘天马奔驰。

9. 一九九七年夏
对中央电台联
喜今宵香海趣波与三江五湖同映神州秋月,
待明日狮山送爽同五岳三山共现华夏春晖。

10. 一九九八年春联
喜而望之
喜今朝吾辈衣食足矣,
望明日后生业绩何兮?

11. 一九九九年春联
那个年代拯救出贫学子,
这个时期哺育了富先生。

12. 二〇〇〇年春联
拓新解旧
拓入天地人间新网络,
解出中原分子旧连环。

13. 二〇〇一年春联

雪花飞舞洁世界，

锣鼓声喧闹新春。

14. 二〇〇二年春联

巳平午安

蛇奏玉皇去岁千家有小泰，

马告人世今年万户无大灾。

15. 挽大嫂联

兢兢业业撑个家总觉了犹未了，

辛辛苦苦走一生也得悄然离去。

16. 二〇〇三年春联

欣欣向荣

六马仰秣倾听民间凯歌曲，

五羊俯笔巧绘百姓康乐图。

17. 二〇〇三年三月十九日

对电视剧《希望的田野》联

办公室办公事公事公办，

好领导好领道领道领好。

18. 二〇〇四年春联

冬去春来

蜡梅怒放冬将去，

含笑飘香春已来。

19. 二○○五年春联

吉祥如意

日升猴指前途美，

春到鸡鸣满地辉。

20. 为"旺铺烧烤店"题联

旺铺实惠

望望旺铺旺加旺，

时时实惠实再实。

21. 二○○六年春联

吉星高照

吉星高照凤双舞，

旺运迎来事百兴。

22. 二○○七年春联

诸年迎新

春光润色百花艳，

旭日生辉万物新。

23. 二○○八年春联

鼠年大吉

鼠伴牛升诸事好，

霞迎日笑尽朝晖。

24. 二○○九年春联

除夕迎新

曾陪银鼠忧心少，

将伴金牛喜乐多。

25. 二〇一〇年春联
欢度年华
喜靠勤牛何自扰,
欣依威虎更神安。

26. 自挽联
哭笑人生
光腚哭来娘亦笑,
盛装笑去你别哭。

27. 二〇一五年春联
之一　洙水珍珠光灿灿,
　　　厚德门第喜洋洋。
之二　八骏奔腾报硕果,
　　　三阳开泰绘新春。

28. 二〇一六年春联
之一　新春绘得田园美,
　　　福地迎来富贵人。
之二　朝气蓬勃频展翅,
　　　珠光闪烁待高飞。

29. 二〇一七年春联（外孙女作）
之一　辞旧迎新
　　　锣鼓喧天辞旧岁,
　　　康宁福寿迎新春。
之二　祖国春晓
　　　金鸡报晓春光好,
　　　祖国繁荣万事兴。

30. 二〇一八年春联

汪汪欢腾福送到，
洙珠勤奋运迎来。

31. 二〇一九年春联

喜讯频频迎锦鼠，
和谐处处兆丰年。

32. 二〇二〇年春联

莺歌燕舞春光好，
事顺人和年景丰。

33. 二〇二一年春联

年复新年常进步，
岁压旧岁总攀高。

34. 二〇二三年春联

之一　努力活着

连滚带爬得胜利，
拼搏奋起再迎春。

之二　喜迎平安

旧岁虎年拼命干，
新春兔岁保平安。